U0583034

情怀

苏 和

著

中国广播影视出版社

图书在版编目（CIP）数据

情怀 / 苏和著 . -- 北京：中国广播影视出版社，
2023.5（2024.1 重印）

ISBN 978-7-5043-9009-7

Ⅰ . ①情… Ⅱ . ①苏… Ⅲ . ①诗集—中国—当代
Ⅳ . ① I227

中国国家版本馆 CIP 数据核字（2023）第 057791 号

情怀

苏和　著

责任编辑　宋蕾佳
责任校对　张　哲
装帧设计　牛淑娜

出版发行　中国广播影视出版社
电　　话　010-86093580　010-86093583
社　　址　北京市西城区真武庙二条 9 号
邮　　编　100045
网　　址　www.crtp.com.cn
电子邮箱　crtp8@sina.com

经　　销　全国各地新华书店
印　　刷　新乡市华夏印务有限责任公司

开　　本　787 毫米 × 1092 毫米　　1 /16
字　　数　103（千）字
印　　张　21.5
版　　次　2023 年 5 月第 1 版　2024 年 1 月第 2 次印刷

书　　号　ISBN 978-7-5043-9009-7
定　　价　135.00 元

序

　　一部文学作品对于社会而言，它的真实意义应当是提升认知和净化心灵。

　　对中华民族传统诗词的传承，贵在灵魂。一首诗如果写活了，它一定具有生命力。这里，送给读者一本有灵魂的诗集，它抒发了作者的情怀！

　　《情怀》承传了"诗经"的六义、"楚辞"的神韵、汉赋的铺陈，继承和发扬了唐、宋不同类别诗词的音韵和格律，并将其融汇在现代诗词的形式与情感之中，将作者的情怀通过"四季抒怀""不忘初心""岁月拾臻""仰望蓝天""纵观古今"五个部分吟咏而出，以送给不同年龄和社会各阶层的广大读者。

　　《情怀》紧扣"传承和弘扬中华民族优秀传统文化"的主旋律，将中华诗词文化的灵魂和神韵，结合时代的特点用不同的诗词形式和音律表现了出来，促进了传统诗词文化在新时代的研究和探讨，让诗以一种鲜活的生命状态植根于中华民族的魂魄之中。

　　《情怀》不仅是诗集，还是以诗为媒的传统民族艺术品的集成，它汇集了近六百张古今文化艺术品的图片，让我们民族的后生们能够走进历史、了解历史，让传统文化的精神，在人们的心中不断生根、发芽、茁壮成长，开出娇艳的花果，永世长存！

　　《情怀》是诗集，更是课外业余教材，它会引导孩子们树立正确的三观，不断完善文学修养和语言文化的基础知识，最终成就我们每一个人，助力我们中华民族的伟大复兴！

目录

情 怀

情 怀

情 怀

不忘初心篇

岁月拾臻篇

仰望蓝天篇

纵观古今篇

四季抒怀篇

天使的翅膀——致杜正香老师

2008 年"5·12"大地震后的第 5 天（5 月 17 日），在网上看到《四川绵阳市平武县南坝小学老师保护学生的最后姿势》一文后，悲痛万分，即笔写下此诗，以悼念在地震中以自己的身躯保护 5 名小学生的杜正香老师……

我在想
在远方的天空中
您在回望
疲惫的身躯
依然全力地伸展着翅膀
孩子们　还好吗
祈盼的眼神
透着深沉的遗憾
怀着热切的期望

我记得
在那惊天动地的瞬间
曾护佑着他们
现在呢
他们在哪
为什么
我的翅膀
如此的沉重
我的心无比悲伤

天路漫漫
您却
依恋着

徘徊着
身后留着一簇簇银闪金光
照着我们
牵着我们
沁印着我们的心
用善良和爱的诚挚
涤荡着世间的铁石心肠

真诚
无须掩饰
爱
不必张扬
虽然只是刹那间的呵护
您却用了四十八年的投入
为了孩子
有二十多年
您把身心都留在讲台上

天使的翅膀
看似柔弱
却坚强地伸展着
紧紧扣护着五个弱小的身躯
奋力地支撑着

情 怀

山崩地裂砸下来的屋梁

您放心地飞去吧
天堂就在前方
那里有您的梦想
有充满关爱的殿堂

在您离开的地方
我们会长久地思念
您那悲壮的身姿
天使的心地
光照人间的美德
感天泣地的善良！

2008 年 5 月 17 日　写于深圳南山人民检察院

杜鹃的芳香——"5·12"地震周年祭再致杜正香老师 ①

我看见
在远方的山岭上
鲜花怒放
繁枝镶碧叶
托着花束展露馥郁的芳香

杜老师您好吗
您在天之灵
牵着亲人的思念
系着孩子的安康

一年前
地震突然发生的时候
您放弃了自我
用身体
护着孩子
用双臂
顶着屋梁
教师的责任
唤出了无穷力量

人生光阴
您坦然面对
心里头
惦记着一群群祖国的花朵
安然奉献

为了理想
体现着博大的爱
用无私的光和热情
感染着我们　感动了家乡

善良
发自内心
美
何须时尚
虽然生活在偏远的山村
您的壮举震撼了亿万人心
您诠释了
民族的精神
您把热血洒在了岗位上

五月的杜鹃
新艳秀美
散着透心的芬芳
人人呼唤着您那美好的英名
出自绵阳平武
一个普通代课教师——杜正香

您虽默默地离去
留下美丽杜鹃
让花香洒满人间

---

① 此诗的格式和音韵与《天使的翅膀——致杜正香老师》相同。

情 怀

愿故乡成爱的天堂

在您安息的山岗
杜鹃会永远地绽放
您是天使的化身
民族的灵魂
忠诚民众的教师
鞠躬尽瘁的榜样！

2009 年 5 月 12 日　写于深圳南山人民检察院

七月，随想，随笔

七月　阳光拧着汗水
洒满醒目的大地
似乎　温暖　已经不是主要的话题
瞧瞧山　披着云纱
穿戴翡翠的盛装　相互审视
看看水　饱满激荡
急冲冲　已经不在意　彼此汇集
迈过　高原千年的坚冰
能欣赏　雪莲花　洁白　端庄　尊贵
荡漾　银波闪闪的洪湖
看万朵　夏日荷　粉红　亭亭　玉立

是啊　在七月
从南到北　散发着五谷幽香
从东到西　洋溢着百花争奇
学堂里　突然少了往日的喧哗
原野上　却能听到青春的欢歌笑语

在七月　只要你愿意
可选择　四季的美景
天山　草原　西湖
长白林海　漓江山水　天下武夷

七月　有最多情的夜晚
远古的传说
让银河的星星
演绎了千年的鹊桥相会
爱情的主题
让世间的凡人
经历了多少个悲欢离合

思念、牵挂和爱的承诺
也许　在八月才能画上圆满的句号
而真情的花果
在七月就早已甜香四溢

七月有说不完的话题
还是　让我们
抱抱凉风　亲亲太阳　享受自然
期待着　金秋　丰收的欢喜

2011 年 8 月 7 日　写于深圳南山前
海阳光新地花园

梦中的天边

在广袤的草原，马头琴的声音伴着古老的传说，一直在天幕中回荡，那凄美颤抖的琴声，总能唤起无尽的情思，那欢快而充满节奏的和弦，总能让人向往着幸福美丽的天堂……

我第一次来到草原
仿佛走进梦中的天边
移动的羊群
就像白云的倒影
清澈的河面
辉映着广阔的蓝天
草地起伏连绵
在墨绿的底色上
镶嵌着星光万点的花环

我第一次来到草原
好像回到了久别的家园
毡房里依然飘着酥油的清香
浓浓的奶茶
能让我感受到
在母亲身边的温暖

冥想中
我似曾生活在这里
过往的时光
时常在心里浮现

阳光下
银白色的骏马驮着我
漫步在牛羊的后面
深远悠长的牧歌
透过苍茫的暮色
吟诵着古老牵心的故事
凄美颤抖的琴声
伴着变幻的月华
抒发着思念和爱的情感

在春天
我曾迎着风暴扬鞭策马
在盛夏
我曾在碧空中翱翔盘旋
在金秋的节日里
心爱的姑娘
会腼腆地把美酒端在我的面前

草原的冬季
风雪冰寒
毡包里明亮的炉火
总是热忱地贴近心田

草原的人

勤劳　善良　坚韧

草原的人

热情　豪爽　勇敢

在草原上

每天都能听到真诚的问候

在草原上

每年都回荡着虔诚的祝愿

我　留恋草原

那是　我曾经的故乡

我　热爱草原

那是　我梦中的天边

2010 年 6 月 10 日　写于深圳南山前海阳光新地花园

黄河第一湾草原　刘卫宁摄

敬月——中秋问候

不知有多久了
您　伴随着我　一步步走出
远古的华夏
不知从何时起
您　细数着我　一程程游历
沧海与天涯

黑夜幽长
您　是我心中高悬的华灯　明镜
银光挥洒
您　寄托了我无尽的情思　牵挂

圆融时
您　静听　人间的合家欢喜
弦影下
您　侧看　世间如雨的泪花

您　启示天堂的信使
时时　传递着　远来的音讯
您　嘱托人间的神灵
悄悄　收发着　心与心的问答

经历了无数个年轮
您　依然洋溢着青春活力
亘古的传说　写意
您　总会在赞美声中升华

虽然　您　保持着矜持
总是默默无声　静谧

您　却能轻松掌控
大海的潮汐起浮　落下

从初一到十五
您　给圆满赋予了　修行成功的禅意
从十五到初一
您　又反复印证了　事物的阴错阳差

在桂花飘香的　中秋之夜
我　常常把深藏的情感　向您倾诉
在酒美当醉的　月圆之时
我　冥冥中登上了琼楼　与您对话
轻轻地问候一声
嫦娥　吴刚　玉兔
你们　好吗？

2011 年 9 月 12 日　写于深圳南山前
海阳光新地花园

玉兔组合（和田玉）

中秋思念

北郭悬明月，
南海映银光。
不知多少思念，
此时牵心肠。
一曲乡音飞过，
顿觉心潮起伏，
回首阅沧桑。
承人生恩惠，
感世俗寒凉。

念父母，
思亲友，
情难忘。
山水相隔，
欲托圆月送吉祥。
天宫雷霆电闪，
人间善恶无常，
万物皆着相。
有缘结亲友，
千里共安康。

2009 年中秋节　写于厦门岛

十五明月　于亚平摄

送别朋友留存

　　人生难得友情，人生难觅知音，人生难求知己，人生难忘真诚。

十载相逢筑友情，
忘年之交，
品茶论人生。
君子往来淡如水，
难忘患难见真诚。
此生常伴离合泪，
夜阑之时，
我心送月明。
期待来日再相会，
弘源寺里听钟声。

2009 年 11 月 26 日　写于深圳南山人民检察院

又一年

老叟互拜年，
乾坤弹指间。
神龙再聚首，
金凤舞翩翩。
人生品岁月，
物华拒贪婪。
昆仑望东海，
五岳设雄关。
江山与民在，
长征路漫漫。

2023 年 1 月 14 日　写于深圳南山前海

驱虎迎兔——壬寅大寒日

敲山震虎虎离山，
出窟狡兔兔精明。
人生劫难时时有，
元亨利贞事事清。

2023 年 1 月 20 日　写于深圳南山前海

玉兔敬酒

天宫藏玉兔，
人间亮美名。
嫦娥拂袖舞，
吴刚酒含情。
新年问君好，
九州送瘟病。
乾坤容大爱，
地厚德满盈。
佳节添欢喜，
百姓赞天明。

2023 年 1 月 22 日　写于深圳南山前海

深圳湾览胜

港湾红树连海平，
城郭光影荡潮生。
天穹暮色残辉染，
星空月白灯火明。
坐看浪涌层叠起，
屏听落叶静无声。
岁月如梭朝夕短，
长岛笙歌策君行。

2023 年 1 月 30 日　写于深圳南山深圳湾公园

深圳湾览胜之二

港湾潮汐连海平，
红树栖鸥听水声。
夜阑灯火余辉远，
天幕星光引君行。
银河飞舟归来晚，
烛台孤影等日升。
琼阁望舒玉兔欢，
平阳驱虎癸卯迎。
八仙得道聚东海，
九州神龙舞乾坤。
百年岁月朝夕短，
来生在此是故人。

2023 年 1 月 31 号 写于深圳南山前海

迎春曲

皓洁的明月默默送来了新意
黎明的朝霞悄悄启动了晨曦
按照约定
我在春天等着你
等着仰天的绿芽
等着待放的鲜花
等着欢快的鹂鸣
等着萌动的春心
等着春风
等着春雨

圆融的新月轻轻挥洒着银光
温暖的太阳缓缓驱散了云瘴
伴着春心
我在春天迎接你
迎接绿色的田野
迎接回归的雁阵
迎接百花的幽香
迎接春江涌动的潮汐

立春了
此时
跟着春天的脚步
迎接期待的未来
迎接心中的梦想
迎接新的金色天地

2023 年 2 月 4 日　写于深圳南山前海

龙抬头

神龙见东方，
四海任飞扬。
九天可揽月，
五洋藏梦想。
星球不言大，
华夏闪金光。
俯首听民意，
抬头多吉祥。

2023 年 2 月 21 日　写于深圳南山前海

归来

一去万物空，
归来山水静。
平安循道法，
相知心有灵。
红尘莫依恋，
清水自东行。
日月天长久，
阴阳太极生。

2023 年 2 月 22 日　写于深圳南山前海

迎春曲

空谷幽兰潺碧水，
竹笛惊心荡青山。
朝阳入林温万物，
鹂鸟唱和迎春天。

2023 年 3 月 7 日　写于深圳南山前海

暮归

袅袅炊烟向群山，
蛐蛐鸣曲领心弦。
明月承云行千里，
乌篷摆渡报平安。
银辉衬柳落沙鸥，
孤灯留影浮水帘。
长岛不语城郭近，
六道脱离归本源。

2023 年 3 月 19 日　写于深圳南山前海

癸卯清明

细雨纷纷落清明，
浓雾霭霭绕群峰。
绵绵情丝萦心绪，
袅袅青烟顺天行。
人心怀古路漫漫，
宗亲祭祖泪痕痕。
子孙代代承前志，
传统默默继民魂。

2023 年 4 月 5 日　写于惠州溪谷

五月入夏

五月春烟尽，
原野物含情。
长天雁鸣远，
千山水伴行。
四海留宾客，
五洲慑雷声。
人心常怀古，
童叟言真经。
游子登灵山，
凡夫问归程。
寒暑藏万象，
自然太极生。

2023 年 5 月 1 日　写于惠州溪谷

父亲节愿望——癸卯年五月初一父亲祭日

雷声入云雨纷飞，
不尽情思泪相随。
仰天长望蓬莱远，
儿敬老酒求父归。

2023 年 6 月 18 日　写于深圳南山前海

癸卯小暑

暑气日渐浓，
云飞雨穿行。
山川草目绿，
旷野花抒情。
湖风动杨柳，
莲叶欣蛙鸣。
餐盘盛瓜果，
伏案读内经。
心烦虚火旺，
宁静浊水清。
路遥君自强，
修和度人生。

2023 年 7 月 8 日　写于深圳南山前海

历台风

"苏拉"^①一曲尽风流，
横穿岭南阅金秋。
九月承天多圆满，
十年清正万户侯。

2023 年 9 月 2 日　写于深圳南山前海

白露——思乡

白露生秋夜，
清风揽月光。
长河泛银辉，
远山雾茫茫。
水帘荡孤舟，
幻影见沧桑。
天高行云慢，
地阔寻宿忙。
乾坤多锦绣，
游子正还乡。

2023 年 9 月 8 日　写于深圳南山前海

① "苏拉"，2023 年秋季飓风名。

立铭九月九

亘古生华夏，
天地立昆仑
祥云济沧海，
落霞映飞鸿。
江山承日暖，
九州东方红。
为公撑世界，
挥手续民魂。
中华神龙舞，
领袖毛泽东。

2023 年 9 月 9 日　写于深圳南山前海

癸卯秋分——晨思

陈年往事暗留香，
迈步征程伴迷茫。
人生一路寻知己，
情怀入心写华章。

2023 年 9 月 23 日　写于深圳南山前海

天命

月上中秋自成圆，
君行四海苦无边。
人生本是修行路，
天地循轨命是缘。

2023 年 9 月 29 日　写于汉口九万方

情 怀

月上中秋

净出尘嚣见蓬莱，
斜照夕阳海市茫，
独坐敬亭听鸿雁。
远观红叶秀寒霜。
钱塘潮水今又至，
云帆济海事无常。
月上中秋天已短，
人生莫再梦黄粱。

2023 年 9 月 29 日　写于汉口九万方

寒露迎霜降

寒露透心凉，
冷月见白霜。
秋深鎏金色，
物幻渺茫茫。
风高孤舟险，
浪急舵手忙。
有德天行健，
无相自成刚。

2023 年 10 月 13 日　写于深圳南山前海

刘卫宁拍摄于巴山

癸卯九九重阳

古稀登山欲腾飞，
重阳孤影心百味。
长歌一曲虹桥梦，
苦海踏遍道法随。
举杯望舒寻辉迹，
叩问上天我是谁？
留得情怀祭先祖，
跳出三界永不归。

2023 年 10 月 23 日　写于深圳南山前海

癸卯霜降

落霜只是寒气浓，
却把秋叶染正红。
无害得利是天道，
不争而为德像同。

2023 年 10 月 24 日　写于深圳南山前海

苦行

人生步履匆匆，
悲欢苦乐伴行。
年少不懂父母，
寒窗可培心胸？
社会炎凉吃尽，
青春耗在征程。
成家未必立业，
得子方知重情。
一晃鬓发见霜，
孝心是否受用？
家训如何承传？
感恩却在清明！
天命各有优劣，
诱惑分辨忠诚。
难得到此一世，
谁在承担责任？
春夏秋冬岁月，
富贵贫穷今生。

善恶毒邪尽显，
林中各逞其能。
最终都会变老，
总得盖棺定论。
良者流芳传世，
恶人总有报应。
社会不断进化，
宗传望子成龙。
修行不在早晚，
贵在明心见性。
望君长命百岁，
留得一世英明。

2023 年 11 月 5 日　写于深圳南山前海花园

诗意中国——二〇二一年至二〇二二年元旦

寰宇龙腾惊天地，
抖身狮吼耻未清。
雄鸡鸣曲东方亮，
百鸟朝凤九州明。

2021 年 12 月 31 日　写于深圳南山前海花园

元明时期釉里红酒罐

赞彭小院

南国腊月满庭花，
惠州三九见芳华。
红颜难掩翡翠绿，
春意相拥乌龙茶。

2022 年 1 月 3 日　写于惠州白鹭湖

小院中花卉

情 怀

"往日情怀" 藏头诗

往事如烟人生短，
日暮相知天未眠。
情牵海角共明月，
怀揣梦想众心连。

2022 年 1 月 9 日　写于深圳南山前海花园

壬寅立夏

迎世金辉目含光，
合掌持印面慈祥。
春风不语百花艳，
夏雨着意润群芳。

2022 年 5 月 5 日　写于深圳南山前海花园

鎏金佛像与小院花卉

母亲节怀念

游子难掩衣襟泪，
远行最念慈母声，
家中景物仍相照。
从此无人喊乳名。

2022 年 5 月 8 日　写于深圳南山前海花园

母亲

注：母亲于 1947 年在北平燕京大学新闻系学习时，从事革命工作被捕入狱。经党组织营救后，她冒险穿越封锁区去西柏坡旁正定县的华北大学（现中国人民大学的前身）学习、工作。

壬寅小满

江河渐满麦浆收，
祈蚕吐丝衣锦绣。
清汤苦菜去心火，
夜虽辗转少寒忧。

2022 年 5 月 21 日　写于深圳南山前海花园

赞玉荷

雨过气新暮色浓，
珠滚翠盘闪晶莹。
出水青莲恨泥染，
映天玉荷比月明。

2022 年 6 月 3 日　写于深圳洪湖公园

深圳洪湖公园荷塘暮色

笛影

竹笛旋曲荡轻舟，
碧水银光泛湖游。
白絮飞天听风近，
翠柳莲花任心收。

2022 年 6 月 9 日　写于深圳南山前海花园

晨荷映辉

小塘霞光揽碧莲，
晨露无声走翠盘。
粉红荷花独自清，
浊浊尘世我不凡。

2022 年 6 月 9 日　写于惠州白鹭湖

溪谷荷花

情 怀

壬寅秋分

秋分夜微凉，
寒暑平四方。
天高行远雁，
地阔菽草黄。
溪水静无力，
雷雨告还乡。
心向南山去，
人已偏情殇。

2022 年 9 月 23 日　写于深圳南山前海花园

四川巴中光雾山秋色

秋分思念

秋凉月清淡，
白露拒成霜。
夜静缠心绪，
思牵荡回肠。
生凭父母恩，
回首泪成行。
从此孤无影，
独自向远方。

2022 年 9 月 23 日　写于深圳南山前海花园

2011 年，我与母亲于广西百色旅游合影

壬寅寒露

气寒露将凝，
山川色彩浓。
金辉染秋水，
雁鸣影无踪。
风雨送情怀，
天地任峥嵘。
人生终会老，
岁月可知情？

2022 年 10 月 8 日　写于深圳南山前海花园

立冬随笔

冬来寒风立，
秋去雁无影。
北国迎飞雪，
南岭雨见行。
天冷随它去，
添衣护神灵。
转眼除旧岁，
美酒伴归程。

2022 年 11 月 7 日　写于深圳南山前海花园

逛春沐源小镇

身处悠闲地，
眼观云近山。
碧湖温泉水，
乾坤始自然。
功名藏岁月，
古稀看因缘。
使命承天赋，
我心常沐源。

广东河源春沐源小镇留影

2022 年 11 月 18 日　写于广东河源春沐源小镇

壬寅小雪

小雪见冬寒，
太极大一边。
春秋转眼过，
旷野愈休眠。
曲高和者寡，
调低入圈难，
纵有凌云志，
搏击待新年。

2022 年 11 月 22 日　写于深圳南山前海

君心无奈

毒邪瘴气尘嚣盛，
山雨欲来风满楼。
人心浮躁怨天地，
恶冠诡秘藏阴谋。
老弱病残叹炎凉，
壮汉自利躺平沟。
煽风点火带颜色，
妖魔鬼怪嘴胡诌。
自限理据不全面，
本性变弱扯由头。
反复见阳终伤害。
五脏衰败西天游。
人生苦寒夺心梦，
残阳如血载春秋。
且看神州五千年，
雄关漫道重新走。

2022 年 12 月 3 日　写于深圳南山前海

壬寅冬至

冬至起长寒，
数九艳阳天。
无良带节奏，
史据不自然。
陡然瘴气盛，
痴心藏祸源。
人民撑天下，
百姓互抱暖。
迎战生长久，
文明自轩辕。

2022 年 12 月 22 日　　写于深圳南山前海

二〇二一新年好

新语祝福千言少，
岁月催天万象生。
同舟济海神龙舞，
戴冠子鼠入牛棚。

2021 年 1 月 1 日　　写于深圳南山前海花园

又见冬梅——深圳荔枝公园

小寒入园见冬梅，
清新淡雅任风吹。
南国群芳不算少，
唯有此花令人醉。

2021 年 1 月 6 日　写于深圳园岭

深圳荔枝公园梅花

深圳之冬

南岭边陲不见冬，
荔枝公园总是春。
湖中美景分上下，
缤纷世界聚游人。

2021 年 1 月 14 日　写于深圳园岭

深圳荔枝公园一景

情 怀

赞蜡梅

一朵蜡梅筋骨连，
满树花蕾待春还。
寒风凌厉仰天笑，
暖阳之中焕羞颜。

2021 年 1 月 14 日　写于深圳南山前海花园

武汉蜡梅　刘卫宁摄

贺彭刘新居

溪谷亭台听水声，
白鹭凌空鸿运行。
领得牛年冲天志，
待望辛丑步新程。

2021 年 2 月 8 日　写于惠州白鹭湖溪谷

丑牛开春——辛丑大年初一祝福

晨光普照又一天，
紫气东来见牛年。
国泰民安君如意。
健康福禄向南山。

2021 年 2 月 12 日　写于深圳南山前海花园

辛丑正月十五祝福

十五花灯夜不眠，
正月福满庆上元。
丑牛为君凝气力，
赢得岁月在春天。

2021 年 2 月 26 日　写于深圳南山前海花园

情 怀

辛丑清明

苍山云雾升紫烟，
泪烛无声向天燃。
四海为家根难忘，
一生恩惠怎与还！

2021 年 4 月 4 日　写于深圳南山前海花园

春天的绣球花

一团绣球带绿彩，
千朵繁花各自开。
谷雨春风秀世界，
人间万象着意来。

2021 年 4 月 17 日　写于深圳南山前海花园

辛丑谷雨——纪念仓颉造字

春末逢雨百谷生，
断寒渐暖牡丹红。
凡仓颉取汉字满，
宣文化腾九州龙。

2021 年 4 月 20 日　写于深圳南山前海花园

情 怀

辛丑立夏

五月春烟尽，
立夏雨渐频。
山野一片绿，
百花日日新。

2021 年 5 月 5 日　写于深圳南山前海花园

与君共勉

诗圈游水入真炉，
网坛挥墨语如珠。
万般心境见高台，
一壶老酒话江湖。

2021 年 5 月 7 日　写于深圳南山前海花园

花团锦簇　鲜陆江摄

注：鲜陆江是父亲的战友鲜春之子，也是我的兄长、战友。

母亲节——感怀一直在天空中注视着我的父亲母亲

青天有意察世界，
大地载物育新人。
君子佩玉讲五德，
父母家训知感恩。

2021 年 5 月 9 日　写于深圳南山前海花园

2009 年，我的母亲（83 岁）登四川峨眉山

父亲节思念

远望山高地无边，
心存感恩天顾眷。
路遥方知长征苦，
离家更觉父辈难。

2021 年 6 月 20 日　写于深圳南山前海花园

父亲（右）和战友康志强（左）
注：1940 年在八路军 129 师 385
旅政治部驻地甘肃庆阳存照。

四川巴中红军陵园

四川巴中红军陵园

注：父亲于 1933 年在四川万源加入中国工农红军第四方面军，经历土地革命战争和长征，曾三过雪山草地，之后又经历了抗日战争、解放战争。三等甲级因战伤残军人，20 世纪 50 年代初本科毕业于中国人民大学外交系第一班。2008 年落叶归根，长眠在四川巴中红军陵园。

辛丑夏至

中午高阳日见长，
暑热消寒防邪瘴。
卫正扶得气血满，
心宽可盛百味汤。

2021 年 6 月 21 日　写于深圳南山前海花园

惠州挂榜山

辛丑立秋

立秋未出伏，
暑热汗如珠。
邪瘴曾肆虐，
老虎变成鼠。
传统承秘方，
科技测企图。
全民都喊打，
胜利在征途。

2021 年 8 月 7 日　写于深圳南山前海花园

赞朋友家新装的一面彩绘墙画屏

鹿巡秋野水生烟，
雁过山峦云不见。
长天美景静无声，
放眼万物心更宽。

2021 年 9 月 2 日　写于惠州白鹭湖溪谷

彩绘墙画屏

辛丑秋分

佳节忽过见秋分，
十五明月已入心。
桂花留香天告老，
红叶问寒水似银。

2021 年 9 月 23 日　写于深圳南山前海花园

天行健

鸿雁成行飞南北，
游子自强闯灵山。
风雨孤寒心最苦，
雪月沧海化前缘。

2021 年 9 月 23 日　写于深圳南山前海花园

凝望

情 怀

巴山魂

雾锁巴山秋雨寒，
雁飞南北知冷暖。
长歌一曲阅今世，
浩然九天藏梦缘。

2021 年 10 月 7 日　写于四川巴中红军碑林

2021 年 10 月，摄于四川巴中

辛丑重阳感悟

几日风雨今始停，
独登秋山满目新。
云飞沧海终不见，
雾抱青峰总是情。

2021 年 10 月 14 日　写于惠州挂榜山

惠州挂榜山

情 怀

辛丑大雪赞溪谷杜鹃花开

五彩杜鹃一树开，
三角寒梅展风采。
南国大雪冬未至，
溪谷风光春已来。

2021 年 12 月 9 日　写于惠州白鹭湖溪谷

惠州白鹭湖溪谷一景

迎接二〇二〇年

雨过青天格外新，
春来草木又重生。
黄河无惧千山阻，
长江入海九水迎。
人活百岁承前后，
鹏飞万里举世惊。
苦险征途笑颜驻，
梦想成真待躬行。

2020 年 1 月 1 日　　写于深圳南山前海花园

黄鹤之城

黄鹤有心恋江城，
鹄鸟子时静不鸣。
阴霾怎可遮天日？
凤凰浴火待重生。

2020 年 2 月 8 日　　写于深圳南山前海花园

落花之魂——庚子春武大樱花祭故人

微风细雨天水沉，
落花含泪思故人。
掏尽身心焕冬雪，
领来君意付我魂。

2020 年 3 月 26 日　写于深圳南山前海花园

武大校园樱花

三月的武大校园

青瓦生辉碧连天，
东湖浮影珞珈山。
云絮蜂飞春已至，
燕舞鹏鸣秀樱园。

2020 年 3 月 23 日　写于深圳南山前海花园

武大樱花　刘卫宁摄

情 怀

春满樱园

青瓦琉璃珞珈山，
东湖侧畔焕樱帘。
此时幽香伴春色，
又见繁花笑云天。

2020 年 3 月 13 日　写于深圳南山前海花园

武大校园

殇之声——听网友弹琴

此刻　我想用琴声　　　　　　一个普通的人　拥有
表达我的怀念　　　　　　　　长者的祥和
时空中依然　　　　　　　　　战士的坚毅
保留着你的笑脸　　　　　　　开阔的心胸
我流淌的热泪　　　　　　　　青春的梦想
挡不住你稍纵即逝的光环　　　神态怡然

就像是春天　　　　　　　　　我感怀你
路途中总是　　　　　　　　　母亲的慈祥
飘散着花的芳香　　　　　　　父亲的威严
飞舞着花的云衫　　　　　　　童真的明亮
　　　　　　　　　　　　　　和挂在墙上的画板

我能看到
你还在久久凝视　　　　　　　吉他用旋律
遥远　遥远的明天　　　　　　播撒着冬寒夏暖
从你心中流出的血　　　　　　音符像春雨
不知还能不能染红你的渴望　　敲打着我
你的山　　　　　　　　　　　内心的祈盼
你的水　　　　　　　　　　　唯有琴声跟随我的指尖
和你温馨的小小家园　　　　　回旋　呼唤

我怀念你　　　　　　　　　　2020 年 3 月 8 日　写于深圳南山前海
春风满面的笑脸　　　　　　　花园

情 怀

庚子清明

庚子清明巳时钟，
宣天烟雨九州同。
手捧遗物追思念，
家祭烛火慰长空。

2020 年 4 月 5 日　写于深圳南山前海花园

四川巴中红军陵园

酒逢知己

远来宾朋主相随，
同举金樽面生辉。
山川此时春江涌，
天宽日梭酒不醉。
心生话语千言少，
酱香四溢多轮回。
英雄笑谈当年事，
丈夫豪情在我辈。

2020 年 4 月 28 日　写于深圳南山前海花园

和田玉玉雕爵杯

情 怀

庚子立夏

泉声迎耳水湍急，
杜鹃溢彩伴花期。
山启虫鸣春已然，
燕舞蜓飞雨淅淅。

2020 年 5 月 5 日　写于深圳南山前海花园

青莲——为兄长在云南澄江拍摄莲花随笔

澄江碧水养青莲，
粉荷绿叶向蓝天。
人心返璞真善美，
元亨利贞顺自然。

2020 年 7 月 6 日　写于深圳南山前海花园

莲花　鲜陆江摄

庚子大暑

阳爻在上暑气高，
季风带雨汛如潮。
登山莫忘瘴气盛，
行船需带定心锚。

2020 年 7 月 22 日　写于深圳南山前海花园

庚子立秋

秋来万物色彩浓，
雁过长天影无踪。
不计今生多少难，
唯有丹青化时空。

2020 年 8 月 7 日　写于深圳南山前海花园

清康熙青花山水纹象耳尊

情 怀

庚子中元

月上巴山两重天，
云送烟雨复盂兰。
长河彼岸遥相望，
南龛灯火祈福安。

2020 年 9 月 2 日　写于深圳南山前海花园

我的父亲母亲

四川巴中南龛摩崖造像

生日自语——庚子白露

一

白露挂枝独自凉，
紫气向西揽秋装。
阅尽寒暑强心力，
侧看日月为谁忙？

二

蝶舞静无声，
姿美胜鲲鹏。
孤身显渺小，
天地任我行。

2020 年 9 月 8 日
写于深圳南山前海花园

2009 年 10 月，摄于四川巴中南江光雾山

明成化斗彩薄胎瓷碗

举杯感怀——二○二○年国庆中秋双庆日

葡萄美酒韵味留，
琉璃做杯慢入喉。
月上云天静思源，
人间真情谁来守？

2020 年 10 月 1 日　写于江西吉安敦厚

庚子中秋

明月照千里，
祥云伴四方。
中秋多欢聚，
桂花沁饼香。
举杯感恩德，
亲友叙情肠。
家和万事兴，
人间共安康。

2020 年 10 月 1 日　写于江西吉安敦厚

传统火塔庆中秋——赞江西吉安敦厚传统民俗火塔

横江火塔耀星辉，
礼仗烟花满月回。
庚子金秋双庆日，
华灯溢彩民俗归。

2020 年 10 月 1 日　写于江西吉安敦厚

江西吉安敦厚彭家村

情 怀

自驾独行回四川——二〇二〇年国庆回四川祭奠父母（二首）

一

千里行程今始还，
一路颠簸总欠安。
敢问路遥多困苦，
心若有恒复连年。

二

秋山万色路途遥，
绿叶渐红伴松涛。
南山常见独行客，
日月穿梭情未老。

2020 年 10 月 18 日　写于四川巴中

途中随拍

瀛洲续华年——与发小秋游广州番禺瀛洲大夫山

秋叶着意大夫山，
瀛洲留影忆华年。
祝君人生五百岁，
常伴友谊天地间。

2020 年 11 月 10 日　写于广州番禺

广州番禺合影

聚贤楼赏莲——小瀛洲度假村有聚贤楼客舍

应约瀛洲大夫山，
再聚贤楼赏秋莲。
华彩年轮记身世，
诸君最美在今天。

2020 年 11 月 10 日　写于广州番禺

2020 年 11 月 9 日，番禺瀛洲发小相约大夫山

庚子大雪日题诗

慈悲入怀载祥云，
观音撒花诵心经。
雨后青天霞光紫，
耳闻千年锣鼓鸣。

2020 年 12 月 7 日　写于深圳南山前海花园

五代柴窑琮式瓶

情 怀

迎接二○二一年元旦

寸长鼠尾已见端，
丑牛万呼欲出栏。
棚中小鬼仍在闹，
神州大地又新年。

2020 年 12 月 31 日　写于深圳南山前海花园

送给二○一九年

一路风雨无意还，
两臂拨云扫长天。
各有福报应天命，
我自独行五千年。

2019 年 1 月 1 日　写于深圳南山西丽崇文花园

己亥初一

一年一度喜见春，
己亥伊始境象新。
岁岁祝福托梦想，
月月安康赛金银。

2019 年 2 月 5 日　写于武昌父母家

怀念母亲

晓春二月雨淅沥，
云上高山风不离。
噪鹃无影声声泣，
母亲离去已三七。
远来父亲可迎见，
满目飞仙扬幡旗。
九天阳暖更寥廓，
人间苦寒无须记。

2019 年 3 月 11 日　写于武昌父母家

父亲母亲于 2002 年春节合影

2003 年于武汉东湖梅园合影

情 怀

珞珈山下的樱花又开了

连天碧瓦日生辉，
东湖珞珈山影随。
悦眼樱花春又至，
满心寻梦游子归。

2019 年 3 月 20 日　写于武汉大学

清明写照

水绿天清日月明，
烛红烟袅静入云。
山路缓缓行车慢，
故土处处返乡人。

2019 年 4 月 5 日　写于四川巴中

大九湖的晨雾　刘卫宁摄

情 怀

二〇一九年母亲节

玫瑰杜鹃映山红，
天晴日暖风摄魂。
人间最真慈母爱，
此生难报哺乳恩。

2019 年 5 月 12 日　写于深圳南山前海花园

2018 年 5 月，母亲 92 岁留照

己亥中元

盂兰盆灯静思源，
中元燃纸望苍天。
月上十五敬祖辈，
今生福德自先贤。

2019 年 8 月 15 日　　写于深圳南山前海花园

武汉东湖父母留照

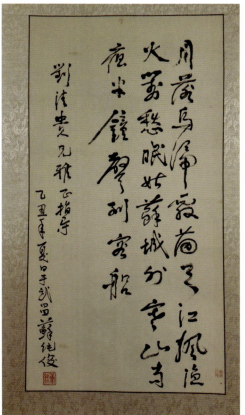

父亲的书法　鲜陆江摄
注：父亲的书法作品存于红军时期的战友鲜
春家，作品中提到的刘清贵也是父亲红军时
期的战友。

情 怀

可有三生三世缘

小住瀛洲大夫山，
聚首贤楼赏浮莲。
翠谷文章隐身世，
问佛何以续前缘？

2019 年 8 月 19 日　写于广州番禺

瀛洲聚贤楼前

中秋感悟

秋山日暮慧眼开，
钱塘潮水应时来。
淡看凡间多少事，
月影无声让楼台。

2019 年 9 月 12 日　写于深圳南山前海花园

武汉江滩　刘卫宁摄

情 怀

重阳思念 ①

今年重阳心不同，
家中不再慈母声。
随处景物生悲念，
从此无人喊乳名。

2019 年 10 月 7 日　写于武昌父母家

母亲

---

① 母亲于 2019 年的正月十五即上元节离世。

二〇一八年元旦升国旗

钟鼓齐鸣万象新，
人皆众口祝福音。
广场升旗有新意，
中华圆梦符民心。

2018 年 1 月 1 日　写于深圳西丽崇文花园

升旗仪式

情 怀

降温了——回武昌探望母亲

出门一地杉叶黄，
雨打梧桐风亦凉。
数九冬深心意暖，
家有亲人在相望。

2018 年 1 月 3 日　写于武昌

武昌两湖书院旧址

腊月武昌

白天雨雪化为水，
晚来低温即成凌。
北国逢冬家更暖，
江南遇寒路见冰。

2018 年 1 月 5 日　写于武昌

下雪　刘卫宁摄

腊月梅花——深圳荔枝公园

三九冬深忽见梅，
无叶繁枝花出蕾。
风冷难得暗香至，
暖阳更劝君莫归。

2018 年 1 月 11 日　写于深圳园岭

深圳荔枝公园

为老同学刘卫宁北京颐和园、天坛摄影照片赋诗

宫门对映夕阳斜，
金殿万寿祝我家。
神坛祭天风雨顺，
虹桥为君载芳华。

2018 年 1 月 14 日　写于深圳西丽崇文花园

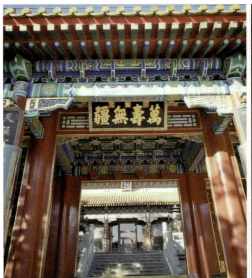 

北京颐和园　刘卫宁摄

情 怀

舞梅——看小鸟围绕着冬天的梅花起舞

轻姿绕枝舞，
粉红染蓓蕾。
腊月藏春意，
最美是冬梅。

2018 年 1 月 19 日　写于深圳西丽崇文花园

舞梅　鲜陆江摄

戊戌立春

此时立春年已新，
路上匆匆望行人。
待听除夕鞭炮响，
唤醒松杉又一轮。

2018 年 2 月 8 日　写于武昌

戊戌初一新春

除夕迎耳皆祝福，
万物循轨正复苏。
新元入暖节庆日，
岁岁平安换新符。

2018 年 2 月 15 日　写于武昌

戊戌初五赏梅

雨水刚过十五近，
江南有意迎季风。
人生总是怀梦想，
梅花不让上元灯。

2018 年 2 月 20 日　写于武昌

2018 年于东湖梅园

戊戌元宵

正月最闹十五灯，
迎春敬天火通明。
龙飞狮舞山河美，
财旺家和万事兴！

2018 年 3 月 2 日　写于武昌

中元节怀念父亲

风雨十载两重天，
烛灯一盏照盂兰。
难得相约中元日，
总有心绪忆旧年。

2018 年 8 月 25 日　写于深圳西丽崇文花园

20 世纪 50 年代初北京家照

情 怀

中秋寄思

鸿雁远行寄福音，
人各一方月同明。
不信桂香传千里，
唯有佳节送真情。

2018 年 10 月 1 日　写于武昌父母家

院中桂花

重阳思绪

年轮刻印南山头，
岁月无意重新走。
须发见霜顺天命，
笑面人生几多愁？

2018 年 10 月 17 日　写于武昌

2009 年秋，四川巴中南江光雾山

二〇一七年元旦题诗

除夕欢庆喜迎春，
钟声震响待鸡鸣。
丙申备好福临酒，
丁酉满载世间情。

2017 年 1 月 1 日　写于武昌

遥念老同学——赞加拿大卡尔加里的老同学于亚平冬天每周必登山

每周一游必登山，
雪厚三尺云不散。
偶遇冰雕筑银屋，
可有热饮祛风寒？

2017 年 1 月 16 日　写于深圳西丽崇文花园

于亚平

新梅花三弄——丁酉正月初三又见院中红梅开（三首）

一

一树梅花独嫣红，
坦然笑迎万木空。
待看冬雪消融后，
我自深藏绿叶中。

二

漫天白雪复飞徊，
登枝红梅向阳开。
数九冬深无暖色，
一树惊艳引君来。

三

傲骨寒枝挂红彩，
含笑冬梅独自开。
一览冰雪压万物，
唯我从容惊世来。

2017 年 1 月 30 日　写于武昌

2002 年，父亲于武昌东湖梅园

雪梅　刘卫宁摄

对月长江多彩桥

对月长江多彩桥，
上元十五花灯闹。
黄鹤楼下龙狮舞，
鹦鹉洲头戏良宵。
梅园莺鹂鸣新曲，
东湖水暖助春潮。
正月民俗喜吉庆，
丁酉添福步步高。

2017 年 2 月 11 日　写于武昌

迎春古今民风

梅园黄鹂鸣新曲，
东湖水暖涌春潮。
古来民风敬英烈，
当下万众粉花娇。

2017 年 2 月 11 日　写于武昌

三八节题诗

绿叶有型清一色，
百花争艳各不同。
美酒作伴浓香异，
最是温馨女儿红。

2017 年 3 月 8 日　写于深圳西丽崇文花园

滇池白鹭捕锦鲤

白鹭凌空降，
腾飞嘴含金。
捕鱼无先后，
胜负已分明。
高原云水静，
滇池百鸟争。
山川各有势，
强者立丛林。

2017 年 3 月 20 日　写于深圳西丽崇文花园

昆明滇池　鲜陆江摄

大千春色

轻姿凌空舞，
羽翼闪斑斓。
绚丽源本色，
神采出自然。
百花争魁首，
群鸟唱和弦。
赏心夺春意，
悦目览大千。

2017 年 3 月 20 日　写于深圳西丽崇文花园

大千春色　鲜陆江摄

武汉大学校园赏樱花（三首）

古朴的老校舍，半掩的红窗，想当年我正是学习、生活在那扇窗内。

一

春含烟雨暗香来，
半掩红窗独自开。
学子凝眸放眼望，
樱花千展绕楼台。

二

春风和煦暖心来，
红窗触景随意开。
学子伏案抬头望，
幻似随花入琼台。

2017 年 3 月 13 日　　写于武昌

2017 年，重游武大老校舍

情 怀

三

如雪遮枝芯粉红，
莺语惊开校园春。
碧瓦楼台彰古韵，
骄子远来觅花魂。

2017 年 3 月 27 日　写于武昌

2017 年 3 月，摄于武汉大学

六一儿童节

碧水载童心，
欢歌伴年华。
船小都是梦，
山高育百花。
天马行万里，
凌云看中华。
自幼承天志，
恃才报国家。

2017 年 6 月 1 日　　写于深圳西丽崇文花园

老同学在加拿大的自家小院

油油青草绿，
春夏满院庭。
逢冬积雪厚，
烦需主人清。
如有闲情致，
烧烤慰宾朋。
冰山葡萄酒，
起舞伴月明。

2017 年 7 月 19 日　写于深圳西丽崇文花园

丁酉生日自题

轻潺细水月光明，
远听虫鸣鸟不惊。
小河来此无留意，
蕉下谁领芦丝情？

2017 年 9 月 8 日　写于深圳西丽崇文花园

二○一七年教师节

一叶染秋红，
层林色彩浓。
天高雁行远，
水深影朦胧。
初心护苗圃，
桃李送飞鸿。
情怀报华夏，
民魂得天工。

2017 年 9 月 10 日　　写于深圳西丽崇文花园

童年如梦

注：这些照片 1963 年摄于长春吉林工业大学，我站在研究生班的教授之中，他们的关爱让我不知该如何感恩。

致枫叶国老同学——为旅居加拿大的发小于亚平赋诗

湖映蓝天秋叶黄，
起伏冰川现远方。
独登山野梦寥廓，
心系长帆祝国强。

2017 年 10 月 1 日　写于武昌

于亚平

加拿大风光　于亚平摄

丁酉中秋夜朦胧

此时不见月，
云下闪霓虹。
十五逢小雨，
中秋各不同。
乱云难遮目，
华光照神龙。
钱塘大潮至，
银辉揽苍穹。

2017 年 10 月 4 日　写于武昌

明月伴桂香——为老同学薛纪二发来北京的明月照赋诗

京都明月城添彩，
秋菊万朵迎风开。
漫步庭院寻星迹，
忽闻桂香入心来。

2017 年 10 月 6 日　写于武昌

京城圆月　薛纪二摄

丁酉中秋寄桂香

闲步庭院秋风爽，
仰望星云明月光。
盈盈桂香燃心绪，
不知能否寄远方。

2017 年 10 月 6 日　写于武昌

夜来桂花香

又见重阳

淡过重阳又一天，
信步登高欲望远。
屈指余生多少日，
怎可无心度残年。

2017 年 10 月 28 日　写于深圳西丽崇文花园

丁酉重阳

秋深叶红山不老，
林密径幽亦登高。
待看九九重阳日，
多少寿星在逍遥。

2017 年 10 月 28 日　写于深圳西丽崇文花园

2017 年于深圳坪山马峦山

游旧金山

　　老同学发来在旧金山旅游的照片，总的感觉就是"安静"。故作此诗以寄之。

金山已旧城如初，
海天清澈画不俗。
张张宁心静似水，
历经美景在旅途。

2017 年 11 月 5 日　写于深圳西丽崇文花园

老同学于亚平游旧金山

丙申清明前

时下温湿偶撞寒，
明前有雨透青烟。
塞北季风化残雪，
岭南晨雾漫田园。

2016 年 4 月 2 日　写于深圳西丽崇文花园

丙申清明

清明复春天且寒，
人潮相聚拜青山。
红烛冥纸向天际，
不尽牵思在凡间。

2016 年 4 月 4 日　写于深圳西丽崇文花园

丙申清明后

十里烟云雨绵绵，
满树桃花俏江南。
飞燕衔泥补旧巢，
青山环水绘故园。

2016 年 4 月 6 日　写于深圳西丽崇文花园

春眠

蒙眬梦中醒，
忽闻雀鸟鸣。
窗含垂柳绿，
水映翠竹亭。
远山林沉雾，
凌空燕穿行。
长天风送暖，
旷野花含情。

2016 年 4 月 6 日　写于深圳西丽崇文花园

扬州瘦西湖春色　车明印摄
注：车明印是我的姨夫。

丙申谷雨画卷（二首）

一

一阵春风谷雨来，
连天晨雾入柳怀。
溪水穿塘蛙声近，
烟花深处皴墨彩。

2016 年 4 月 16 日　写于深圳西丽崇文花园

扬州瘦西湖春色　车明印摄

情 怀

二

西湖瘦水谷雨来，
小荷尖尖映天开。
柳絮杨花蝶飞舞，
噪鹃无影声入怀。

2016 年 4 月 16 日　写于深圳西丽崇文花园

荷塘春荷　车明印摄

谷雨迎君归

春风何须谷雨催，
万木复苏花出蕾。
西湖挽留相思鸟，
柳岸莺鸣唤君归。

2016 年 4 月 20 日　写于深圳西丽崇文花园

江苏扬州　车明印摄

注：江苏扬州曾是母亲的故乡。

情 怀

北国入春

见山见水见春风，
听涛听鸟听鹿鸣。
五月林海藏冬雪，
长白天池雾蒙蒙。

2016 年 5 月 6 日　写于武昌

六一看儿童游戏

入世一鸣惊亲朋，
步履蹒跚欲飞腾。
金童玉女天地阔，
人间最喜少儿声。

2016 年 6 月 1 日
写于深圳西丽崇文花园

儿童游戏

饮茶

清茶一杯口留香，
平衡酸碱清胃肠。
红白黑绿各有爱，
本草纲目记良方。

2016 年 6 月 3 日　写于深圳西丽崇文花园

和韵堂收藏明成化三秋杯

情 怀

敬茶

黄釉青花盛茶香，
绿叶沏水入心肠。
一味豆糕应时节，
五月端午敬忠良。

2016 年 6 月 9 日　写于深圳西丽崇文花园

和韵堂收藏

纪加拿大、北京、武汉、四川五个发小五十余年的友谊

一片红枫落它州，
两枝傲菊京城留。
三镇蜡梅临江立，
四蜀巴山揽春秋。

2016 年 7 月 7 日　写于深圳西丽崇文花园

儿时同伴 ① 情意长

一片红叶落他乡，
两束金菊京韵扬。
三镇冬梅志高傲，
四蜀巴山历寒霜。
玉女金童成记忆，
老叟银发茶未凉。
但愿此结应许久，
你我人间情义长。

2016 年 7 月 7 日　写于深圳西丽崇文花园

① 儿时同伴：于亚平、薛纪二、汤军、尚刚。

发小又相聚

香浓茅台空几樽?
葡萄美酒韵味醇。
君来岭南诚相会,
互告佳音数年轮。

2016 年 7 月 17 日　写于深圳西丽崇文花园

深圳南山前海合影　2021 年 4 月于惠州西湖,与发小崔
力生、张洪顺、汤兵夫妇合影

谢加拿大的老同学盛情邀请

于兄远方待接风，
薛君重任守京城。
剩下彼此三兄弟，
牛仔节时自由行。

2016 年 7 月 21 日　写于深圳西丽崇文花园

武汉真热

骄阳火烤风无影，
江水泛后暑盛行。
汉民高举天堂伞，
鹦鹉洲头望凉亭。

2016 年 7 月 25 日　写于武昌

问彩虹

少见双桥虹，
但憾无蓝天。
雨后城郭静，
空气可清甜?

2016 年 8 月 21 日　写于武昌至深圳高速路途中

天惊雷雨鸣

乌云一片遮蓝天，
彩虹点燃导火线。
惊天雷鸣复回响，
无穷幻境始自然。

2016 年 8 月 31 日　写于武昌至深圳高速路途中

西湖梦影舞彩蝶——屏观 G20 杭州峰会文艺晚会其中一场之随笔

西子天堂画扇开，
钱塘山伯挽英台。
寒来暑往心长系，
影形相伴复徘徊。
青花雪梅莲荷翠，
三潭苏堤柳月白。
平湖飞珠蝶双舞，
断桥古韵晚钟来。

2016 年 9 月 5 日　写于武昌

越洋望中秋——二〇一六年中秋节为老同学从加拿大发来的中秋枫叶照片题诗

此时隔海在它洲，
旷野红叶上枝头。
举目望月心惆怅，
屈指一算是中秋。

2016 年 9 月 15 日　写于武昌

异国中秋夜　于亚平摄

情 怀

丙申中秋

城内楼阁指青天，
月上中秋自成圆。
人若有情心难忘，
水让群山君意绵。

2016 年 9 月 5 日　写于深圳西丽崇文花园

丙申中秋北海公园观月

　　2016 年中秋节，老同学汤军发来在北京北海公园赏月的照片，有感。

水映云天白塔明，
月照北海柳衬荫。
中秋留影送知己，
天涯相望游子心。

2016 年 9 月 16 日
写于武昌

中秋北海　汤军摄

丙申中秋十六月更圆

日落西海月出山，
远望苍穹面斑斓。
周而复始巡天际，
十六更比十五圆。

2016 年 9 月 17 日　写于武昌

圆月　于亚平摄于加拿大

情 怀

登山小憩——为朋友于亚平发来登山照片而题

独坐秋岗远峰清，
回望崎岖路复明。
白桦衬天托云美，
黄叶渐红蕴君情。
纷飞世事似流萤，
长叹过往已无心。
平静止水如赤子，
面慈化相观世音。

2016 年 9 月 20 日　写于武昌

于亚平同学登山小憩

登山写照

　　为老友于亚平加拿大登山写照，空山寂静，一只鸥鸟落君旁。

远横冰川云雪白，
身后松林湖添彩。
偶有寒鸥传此意[①]，
天地之间唯我来。

2016 年 10 月 8 日　　写于武昌

卡尔加里秋色　于亚平摄

寒鸥　于亚平摄

---

①　朋友问："此意为何意？"我回："意，意境也；天公作美，天意；空静自然，
　　禅意；鸥鸟环绕，情意！"

情 怀

丙申重阳

九九重阳秋已深，
漫道群山天水沉。
登高不必寻知己，
独领风骚看后人。

2016 年 10 月 9 日　写于深圳西丽崇文花园

2009 年于巴中南江光雾山留影

丙申立冬在海南——立冬为发小尚刚自驾游海南题诗

琼岛雨林绿树连，
五指云峰瀑水还。
二十四节逢冬立，
此时黎寨是夏天。

2016 年 11 月 7 日　写于深圳西丽崇文花园

尚刚游海南五指山

情 怀

丙申大雪

阳光撞大雪，
此节气象新。
天空云烟细，
放眼楼成林。
北国冰三尺，
岭南花如云。
仙湖留鹏雁，
梧桐育新人。[①]

2016 年 12 月 7 日　写于深圳西丽崇文花园

温故知新——为二〇一七年元旦题诗

四季轮回就苍松，
风雨催生大树榕。
年年伊始多新意，
岁岁腾飞九州龙。
耄耋身边围孝子，
父母膝下逗顽童。
福临万户心所向，
喜进千家梦不同。

2016 年 12 月 31 日　写于武昌

───────────

① 深圳有仙湖公园和市区最高峰梧桐山。

致长春的老同学新年快乐

爆竹声声辞旧岁，
瑞雪飘飘庆新年。
万家灯火添喜庆，
春城迎来不夜天。

2015 年 1 月 1 日　写于深圳龙岗东方明珠城

致亲朋好友新年快乐

未羊再见见未羊，
九州尽欢欢九州。
迎春冬梅笑飞雪，
近山松柏喜添寿。

2015 年 1 月 1 日　写于深圳龙岗东方明珠城

情怀

乙未春节（三首）

一

牧歌回声荡草原，
踏鼓俏姿舞天山。
春江丝竹花月夜，
天涯红灯照海南。

二

有哭有笑都是泪，
祝福祝寿全在心。
谦谦君子说过往，
闭门思过①重自尊。

三

谦君由衷说幸福，
群主天涯话如珠。
句句问候送温暖，
款款温情入屠苏。

2015 年 2 月 19 日　写于深圳龙岗东方明珠城

---

① 闭门思过：闭门思过是发小李志军的微信昵称。

屈指一算六十年

春城春雪喜迎春，
一年一度总是情。
翻开图册六十载，
你言我语对小名。

2015 年春节期间　写于武昌

春城寒冬

九曲桥下冰三尺，
南湖岸边雪复来。
莫道正月天地冻，
唯有春光藏君怀。

2015 年春节期间　写于武昌

人生如梦

过五十年，
风华一瞬，
人生苦寒。
走南漂北闯江山，
生活艰难。
如今父辈已在天，
感怀他年留温暖。
话说好，
语意甜，
春城再见，
酒醒梦不还。

2015 年春节期间　写于武昌

乙未清明题诗（二首）

一
泥燕回归寻旧巢，
游子觅宗走心桥。
纵使祭祀不可信，
复春清明聚人潮。

二

新生花草有根连，
复至清明又一年。
香烛泪落祭前辈，
为何总是在春天？

2015 年 4 月 5 日　写于深圳龙岗东方明珠城

清明溯源（二首）

一

清明清明复清明，
一年一年总遇春。
子推无意告来者，
后生铭志拜先尊。

二

常怀子推在清明，
缘由主公智常昏。
纵然九泉仍为臣，
也要寻路效明君。

2015 年 4 月 5 日　写于深圳龙岗东方明珠城

乙未谷雨

细雨蒙蒙落窗前，
小桥薄雾柳含烟。
日月情缘谁来问？
清词淡墨写流年。

2015 年 4 月 20 日　写于深圳龙岗东方明珠城

巴中将帅碑林红军池（二首）

一
一池青叶闪银光，
小荷粉瓣暗藏香。
舒展莲花亭亭立，
淘尽泥尘坐殿堂。

二
清池绿叶莲满塘，
萍水云天揽月光。
老树新枝随风舞，
小桥红亭迎花香。

2015 年 6 月 30 日　写于四川巴中

暮年聚首

少时离家老来还，
难得聚首叙旧年。
如今天南与海北，
总有故事说不完。

2015 年 7 月 10 日　写于北京西城

四友相约游北京十三陵

寻标问路见皇陵，
祾恩殿中议大明。
二百春秋祈天寿，
怎奈璧玺送满清！

2015 年 7 月 12 日　写于北京

祾恩殿前合影

再题同学聚会

同心相印话当年，
难得聚首语万千。
谦谦君子道情义，
闭门思过重尊严。
六十余载多坎坷，
花甲之秋应淡然。
千里相约醉美酒，
以和为贵^①在其间。

2015 年 7 月 20 日　写于长春南岭

南湖故地游

清水波盈鱼露头，
绿柳垂岸湖心洲。
少时结伴水中戏，
老来相约故地游。

2015 年 7 月 21 日　写于长春南岭

————————

① 以和为贵是我的微信昵称。

发小相聚一时有感

羞涩的绿草能装点大地
那是他还年轻
美丽的花朵赏心悦目
那是她还年轻
人老了　头发白了　皱纹多了
只要仍然满怀希望
生命就会保持年轻
其实
衡量生命的标准　不是年轻
而是　你留在泥土中
每一个脚印
是否深沉

2015 年 7 月 22 日　写于长春南岭

童年的我
1959 年摄于长春吉林工业大学校部前

少年的我
1965 年摄于北京

青年的我
1974 年摄于山东烟台

又见中秋月

昨日有雨夜见凉，
新月愈满牵四方。
一年寒暑历春秋，
古来恩德兴善良。
今生几许常怀梦，
宗传百世阅华章。
但随天地人长久，
举杯相敬和桂香。

2015 年 9 月 26 日　写于武昌

赞杭州音乐喷泉

喷泉如雨化蝶舞，
乐曲悠扬美如初。
夜阑灯火余辉远，
贞心结义在西湖。

2015 年 10 月 1 日　写于武昌

情 怀

乙未秋在重阳

水映天青山渐黄，
枫展叶红露成霜。
凭栏远望收秋色，
会凌绝顶在重阳。

2015 年 10 月 21 日　写于深圳西丽崇文花园

乙未重阳有感

山岭有树自然青，
乱云飞渡见苍穹。
老来早已淡名利，
夺得落日映彩虹。

2015 年 10 月 21 日　写于深圳西丽崇文花园

壬辰元宵夜

挥杯痛饮踏云天，
烟花灯彩舞上元。
琴伴乡音随风去，
唯念亲情在心间。

2012 年 2 月 6 日　写于武昌

如约会春城

千里如约聚春城，
筹谋已久问金樽。
鬓发斑斑童颜改，
举杯频频心语纯。
席间道尽苦与乐，
别来更祝福进门。
松鹤延年皆如意，
今生友情注年轮。

2012 年 7 月 18 日　写于长春南岭

2015 年在长春与汤军、汤兵、尚刚合影

情 怀

五十年后的聚会

春夏秋冬五十年，
岁岁相念似昨天。
少时容颜今已老，
同学互祝比南山。

2012 年 7 月 20 日　写于深圳龙岗东方明珠城

茉莉花开——赠轻轻山风诗友藏头诗

轻歌一曲茉莉开，
轻吟小诗抒情怀。
山峦还见迎春雪，
风送清香扑面来。

2011 年 2 月 1 日　写于深圳南山阳光新地花园

春意浓

木棉似火花正娇，
勒鹃如云风欲摇。
春雨拍打芭蕉绿，
百鸟入林闹新巢。

2011 年 3 月 14 日　写于深圳南山阳光新地花园

春暖

塘中新荷卷叶娇，
晨露清莹卧春苗。
迎风草木争先绿，
北飞雁阵弃冬巢。

2011 年 3 月 14 日　写于深圳南山阳光新地花园

采春茶

明前嫩枝新叶出，
雨后春女笑颜驻。
巧手采茶舞姿美，
龙井留客忘归途。

2011 年 3 月 26 日　写于深圳南山阳光新地花园

无题（三首）

一

曲曲萦心弦音送，
句句牵思语无空。
叶落飘零存眷恋，
残阳落处云最红。

二

天凉乍冷雾蒙蒙，
春分雨夜望星星。
彼岸入诗滴泉盼，
鸥鸟凝目露真情。

三

日落月明有余晖，
万物运化问轮回。
人生常念朝暮曲，
千古诗韵显珍贵。

2011 年 3 月 26 日　写于深圳南山阳光新地花园

诗赠网友

送走天寒绿衬红，
迎来地暖花意浓。
春风系雨多幽梦，
秋野释怀展新容。

2011 年 3 月 26 日　写于深圳南山阳光新地花园

四川一隅

情 怀

题茉莉花开

春回江南茉莉开，
莹莹琼珠俏枝怀。
绿叶清香挂玉雪，
诧异飞天昨夜来。

2011 年 3 月 28 日　写于深圳南山阳光新地花园

春赏梨花

一树梨花洁似绵，
满园飞瓣舞翩翩。
春来赏得腊月雪，
秋临叶落果香甜。

2011 年 3 月 31 日　写于深圳南山阳光新地花园

荷塘世界

空中蜻蜓舞逍遥，
水面泥蛙怨声高。
一荷撑开天地幕，
独有莲花上下瞧。

2011 年 5 月 10 日　写于深圳南山阳光新地花园

草原暮色

无边暮色飘晚霞，
羊群披彩天是家。
朵朵随风飘散去，
炊烟腾起热新茶。
青天下，
绿无涯，
草原茫茫落百花。
远来游客踏歌舞，
灯下额吉搓线麻。

2011 年 5 月 15 日　写于深圳南山阳光新地花园

草原夜色

勒马收杆披晚霞，
驰骋牧场心念家。
疲惫最思萦天籁，
尤恋亲人敬热茶。
意未尽，
疆无涯，
瑶琴高歌醉百花。
风吹草卧虫鸣语，
月洒清光影如麻。

2011 年 5 月 15 日　写于深圳南山阳光新地花园

草原之梦（二首）

一

酒过千杯梦巡天，
心拥百花盼情缘。
琴声远际听呼麦，
大美星空落草原。

二

满目繁星月辉华，
轻歌牧曲梦还家。
无边夜色草原美，
何处知音话桑麻？

2011 年 5 月 20 日　写于深圳南山阳光新地花园

梦醒心更明（二首）

一

醉梦觉来天是家，
苍茫暮色夕阳斜。
百度寻得归途路，
几许人生展芳华？

二

如梦一生恍如初，
修离六道识归途。
世态悲凉乱象尽，
凡心无影得天路。

2011 年 5 月 20 日　写于深圳南山阳光新地花园

巴山醉语

叶落繁枝似散花，
巴山^①醉语荡云崖。
毕竟江河入东海，
谁取丹心报中华？

2011 年 5 月 20 日　写于四川巴中

长安——陪母亲游西安

炎夏入长安，
兴善寺问禅。
大唐不夜城，
恍若又当年。
人心常怀古，
传统已自然。
飞天舞盛世，
丝绸一路牵。

2011 年 7 月 20 日　写于西安

——————

① 此指自己，我的另一个网名为巴山秋叶。

情 怀

二〇一一年夏游五台山感悟

台怀古庙各依山，
布道文殊坐经坛。
普天开示慧真谛，
常念慈悲智不凡。

2011 年 7 月 23 日　写于五台山

宁波夏天的雨荷好（藏头诗）

宁心观海见普陀，
波澜往事旧缘多。
夏暑总有清新地，
天寒也能情似火。
的确万物皆自然，
雨落千山结百果。
荷盘当下最舒展，
好样莲花悟娑婆。

2011 年 7 月 30 日　写于深圳南山阳光新地花园

春到深圳湾

水面天桥牵港深，
海湾白鹭恋红林。
凌空彩筝迎风舞，
满目杜鹃悦君心。

2010 年 3 月 25 日　写于深圳南山品园

南山的春天

木棉怒放添春意，
紫荆盛开忘时空。
南山新叶枝枝绿，
滨海杜鹃簇簇红。

深圳滨海大道路边的勒杜鹃花

2010 年 3 月 25 日　写于深圳南山品园

荔波印象

潭深水动波光莹，
珠帘层叠响回声。
云衬青山山更秀，
岩浮碧水水自清。
秋望密林藤缠树，
夏看激流荡群峰。
七孔桥连茂兰山，
锥尖驼顶各有型。

2009 年 11 月 16 日　写于贵州旅游途中

情怀

云南行（二首）

一
彩云之南，
山高水远。
金碧交辉，
景象万千。

同事朋友，
舟车同行。
滇缅故道，
高黎贡山。
回顾历史，
感怀民风。
赏心悦目，
兴致盎然。

二
游青山绿水舒畅，
听天籁之音安详。
品民族小食美味，
走崎岖山路荡漾。

忆滇缅抗战将士，
访腾冲和顺侨乡。
念传统书香文化，
为冰玉宝石解囊。

泡热海滚锅温泉，
望夜空满天星光。
探原始火山盆底，
赴缅甸感受异邦。

逛瑞丽边贸小镇，
闻昆明春城花香。
你我他不虚此行，
待将来再走一趟。

2008 年 11 月 22 日　写于云南旅途中

不忘初心篇

缅怀——读毛主席诗《七律·到韶山》感其三十二年回故乡有作 ①

走了　几乎都走了
他们留下了一生奋力打下的江山
留下了稻香四溢、果实累累的田园
一个　一个　消失在远方
他们
没有忘记三十二年前的初心
没有忘记这个世界上饱受疾苦的
民众
他们　曾经
赴汤蹈火
不畏牺牲
前仆后继
勇往直前
改天换地
功德圆满

他们仍然
背着印有镰刀斧头的斗笠
扛着勇于愚公移山的锄头
怀着一颗赤诚的心
一个　一个　消失在远方

或许在他们的心中
还留着一些遗憾

但他们的脸上
永远流露出欣慰与安详
他们是无私的
是为人民服务的
他们的心胸就像广阔的海洋
包容着大地

我们作为继承者
作为享受果实的后来人
此时此刻
都在想什么呢？

2020 年 12 月 26 日　写于深圳南山
前海花园

四川巴中红军将帅碑林

---

① 我为毛主席诗《七律·到韶山》谱了曲，待发。

情 怀

红旗颂——纪念中国共产党建党 100 周年

呼啦啦
一面大旗
卷黄河泰山
擎长江昆仑
拥山海于怀
舞百年东风
借盘古之力
启华夏腾龙
学大禹战天斗地
还九州富强民生
承神农为苍生敢尝山川百草
念秦汉建统一捍卫疆土安宁

呼啦啦
一面红旗舞东风
举镰刀斧头
从南湖的船头扬起解放工农的风帆
吹冲锋号角
把人类的大同立作无产阶级的使命

呼啦啦
八角帽，红五星
一面大旗挥舞百年东风
实践马列
燃燎原星火
紧握枪杆
让工农执政

八一起义
秋收红缨
井岗会师
黄洋炮声
血染湘江
四渡赤水
大渡勇过
飞夺泸定
写《可爱的中国》
表红军将士之忠诚

雄关漫道真如铁
遵义会议指航程
北上抗日救中华
一面红旗领三军

扎绑腿草鞋越过高原雪山
吃草根皮带走出泥潭险境

六盘山上高峰
红旗漫卷西风
不到长城非好汉
革命理想高天穹
今日长缨在手
何时缚住苍龙

呼啦啦
一面红旗舞百年东风
共产党，八路军
求大同存小异布抗战大局
联四海携朋党战倭寇入侵
平型关，青纱帐
沂蒙山高，太行险峻
领黄河怒吼
挥大刀土炮
筑血肉长城
义勇军顽强
新四军斗争
持久抗战
前仆后继
——终见光明

呼啦啦
一面红旗舞百年东风
为全国解放
反倒行逆施
数风流人物
看今朝英雄
北国风光出晴日
南岭荔枝送亲人
救亿万劳苦大众于贫困饥饿
看拥军爱民一家如鱼水之情

呼啦啦
一面红旗舞百年东风

东方红，太阳升
中国出了毛泽东
共产党，像太阳
领导人民得翻身
中华民族站起来
百年耻辱必洗清
天安门前万民欢
纪念碑上百花拥
顶天擎柱
是无数烈士的铁骨脊梁铸造
五星红旗
由千万先辈的热血浇织而成

呼啦啦
一面红旗舞百年东风
贫穷志强保国家
抗美援朝跨江东
上甘岭战震敌胆
冰雕连队彰军魂

呼啦啦
一面红旗舞百年东风
红旗渠水灌梯田
两弹一星威长城
自力更生建家园
改革开放富国民

呼啦啦
一面红旗舞百年东风

153

情 怀

金瓯补缺紫荆开　　　　　　　中国共产党宗旨为民
合浦还珠迎澳门
虎门销烟记血耻　　　　　　　舒展中华传统优秀文化
香港永驻解放军　　　　　　　再现炎黄子孙民族自信

呼啦啦　　　　　　　　　　　放眼量
一面红旗舞百年东风　　　　　实践新的百年梦想任重而道远
蚍蜉撼树　　　　　　　　　　反霸权
怎奈何一带一路宏伟规划　　　构建人类命运共同体扬帆启程
恶雨黑风
难阻挡中华巨轮破浪前行　　　呼啦啦
　　　　　　　　　　　　　　舞东风

碧海丹青立壮志　　　　　　　一面红旗千年梦
华夏无处不英雄　　　　　　　卷动黄河泰山
百年梦想必实现　　　　　　　擎住长江昆仑
千万党员为民众　　　　　　　为有牺牲多壮志
　　　　　　　　　　　　　　敢叫日月换新容
清腐败抓党内贪官污吏　　　　喜看稻菽千重浪
成伟业须牢记使命初心　　　　遍地英雄舞东风
　　　　　　　　　　　　　　借盘古洪荒之力
送嫦娥奔月问星空宇宙　　　　启华夏青天腾龙
驾神州巡天揽万古苍穹　　　　学大禹战天斗地
　　　　　　　　　　　　　　还九州强国富民

呼啦啦
一面红旗舞百年东风　　　　　2021 年 6 月 23 日　写于深圳前海花园
毛泽东思想阳光普照

154

追忆中国工农红军

云浓雾淡秋风，
巴山巴水巴中。
重阳时节登蜀道，
抬望漫山叶红。

寻访历史遗迹，
红缨红旗红星。
艰苦卓绝为共和，
勇当工农先锋。

2009 年秋　写于四川巴中通江县城

四川巴中川陕苏区革命根据地将帅碑林纪念馆

情 怀

远山的回声——烈士纪念日的回声

在北国，在江南
在平原，在山川
每当来到民族英雄的纪念碑前
总有一个声音在我的耳边回荡

在这里
我们与青山相伴
和松柏相依
每天迎着太阳
每年接着春雨
看着你们静静地走过
听着你们轻轻地言语
美丽的鲜花让我们感到荣光
祖国的强盛让我们由衷欢喜

为了民族的自强
为了你们和未来
我们经历了腥风血雨
艰苦的环境
灭绝人性的摧残
并没有挫灭我们的忠诚和意志
残酷的斗争
无情的折磨
并不能改变
我们的誓言和追求的真理

我们曾昂首挺胸，视死如归
我们曾捐躯洒血，慷慨就义

我们曾带着爱情、亲情和友情
忍心告别
我们曾怀着理想、信念和期望
含笑离去

我们把美好、和□和欢乐
留给了你们
我们把痛苦、煎□和悲伤
留给了自己

六十年甲子
是又一个里程
为了和平、幸福□安宁
过去的我们付出□生命
为了民族、人类□大同
现在的你们更应坚续努力

依枕着祖国的热□
让我们感到无比□荣耀
你们的理解和怀念
让我们感到深深□慰藉！

2009 年秋　写于深□南山检察院 313 室

川陕苏区红军将士英名纪念碑

长征精神赞

血染湘江惊骨寒，
铁流奔腾终向前。
德水金沙熠遵义，
赤河复回虎离山。
嘉陵强攻破敌勇，
手足结拜与民欢。
大渡飞夺攀铁索，
乌蒙清瘴历百川。
茅草做鞋雪山踏，
皮带充饥泥潭险。
艰苦卓绝高歌诵，
无惧追堵凤涅槃。
北上抗日救家国，
长城舞龙迎好汉。
三万将士当先锋，
民主共和建政权。
八十岁月忆前辈，
而今漫道越雄关。
永葆初衷怀梦想，
红军精神扬万年。

2016 年 10 月 18 日
写于深圳南山西丽崇文花园

红军魂纪念雕塑

情 怀

沁园春·长征——纪念中国工农红军长征胜利 80 周年

铁流万里，血染军旗，红星照耀。

望崇山峻岭，云瘴弥漫，江河险阻，战火烟硝。

沟壑天堑，大渡横迁，五岭乌蒙雄关道。

握钢枪，扎绑腿草鞋，志比天高。

先烈留名多少？前赴后继仰天含笑。

看男女将士，征服雪山，穿越沼泽，不屈不挠。

听党指挥，坚定信念，艰苦卓绝惊九霄。

兴中华，建大同世界，三路英豪。

2016 年 10 月 20 日　写于深圳南山西丽崇文花园

中国工农红军石刻标语园

不忘国耻念英雄

春秋历载数十年，
族中屈辱未洗干。
阅兵战旗含血泪，
英辈赤胆可承传？

2016 年 9 月 30 日　写于深圳南山西丽崇文花园

抗战老兵的忧虑

英雄不愿话当年，
伤残之躯血已涣。
时代变迁人不古，
家国有难谁再担？

2016 年 9 月 30 日　写于深圳南山西丽崇文花园

四川巴中川陕苏区革命根据地抗战
阵亡将士纪念碑

父亲的纪念章

抗战胜利 60 周年纪念章

长征过的老爸

茅草做鞋征天涯，
六月披雪花。
坚持民族大爱，
搏击为我中华。
仙然离去^①，
西天摆酒，
南门品茶。
笑看人生漂泊，
英雄四海为家。

2015 年 6 月 16 日　写于四川巴中红军陵园

父亲

父亲　摄于 2006 年春节

---

① 2008 年 6 月 4 日，即农历五月初一，是父亲的祭日。

知恩

母亲读报坐厅堂，
心定神闲气场强。
人生疾苦随它去，
风云飞渡成过往。
慈悲满怀存大爱，
禀赋天慧①为民扬。
儿承传统知感恩，
彩云辉映托夕阳。

2010 年 5 月　　写于武汉武昌

母亲家照

———————————

① 天慧是母亲的名，也是早年去世的外祖母的名。

情 怀

重温五十年前全家照

一生革命葆初心，
万里长征步未停。
雪山草地身已过，
中华自有后来人。

2020 年 5 月 4 日　写于深圳南山前海花园

全家照　1968 年摄于武汉

全家照　1973 年摄于武汉

庆八一——纪念人民军队建军93周年

秋收扛起枪杆子，
八一鲜血染红旗。
世纪长征脚下走，
百年初心我铭记。

2020年8月1日　写于深圳南山前海花园

四川巴中将帅碑林

川陕苏区红军将士英名纪念碑

后继有人——为四川巴中红军后代联谊会题

前辈拼血路，
我等筑长城。
终生为人民，
永不忘初衷。

2017 年 4 月 14 日　写于深圳西丽崇文花园

四川巴中川陕苏区革命根据地红军将帅碑林纪念馆

宗旨为民——七一有感

前辈打天下，
后代护江山。
初心为人民，
使命永不变。

2017 年 7 月 1 日　写于深圳南山前海花园

五好战士纪念章

注：我于 1970 年获授五好战士纪念章。

触景忆军旅

每当乘船历江海，
总有情思豁然开。
信旗指挥迎飓风，
灯语传令编队来。
北洋巨浪连天涌，
八一军魂添豪迈。
曾经疆场报祖国，
涛声惊梦难释怀。

2010 年 6 月 16 日　写于深圳南山前海花园

1972 年摄于山东烟台

曾是子弟兵

驰骋疆场在当年，
精忠报国刻心间。
八一长城卫华夏，
万古江山我辈传。

2016 年 7 月 31 日　写于深圳西丽崇文花园

1974 年海军更换新式军装　拍摄于北海舰队

情 怀

八一有情（二首）

一

当兵也威武，
退役续情怀。
如今过八一，
得意又一回。

二

列车晚点听驼铃，
战友祝福见真诚。
戎装疆场他年事，
血汗全当报国情。

2016 年 8 月 1 日　写于深圳西丽崇文花园

1970 年获五好战士称号的纪念照

子承父业——致我的发小当过兵的两兄弟汤军、汤兵

军哥曾经赴边陲，
兵弟有志卫国徽。
革命后代忠于党，
红色江山在我辈。

2016 年 7 月 31 日　写于深圳西丽崇文花园

发小汤军、汤兵

赞发小汤军

千锤炼赤胆，
百炼铸红心。
酒苦可垫底，
我辈是真金。

2017 年 11 月 19 日　写于深圳西丽崇文花园

三秋杯酒敬英雄——缅怀国家功勋袁隆平

蝶舞花艳菽草肥，
农田逐浪夕照归。
俯首钻研鞠躬尽，
稻穗添香熠国徽。

2021 年 5 月 23 日　写于深圳南山前海花园

纪念辛亥革命 100 周年

辛亥鸣金举义旗，
百年共和求真理。
华夏民族立东方，
九州龙腾会有期。
体改制新创特色，
和谐统一顺民意。
冷眼风云看盛世，
三民主义又重提。

2011 年 6 月 20 日　写于深圳龙岗东方明珠城

听驼铃——八一建军节怀念西路军将士

戈壁羌笛远，
大漠白骨沉。
壮士名犹在，
可有后来人？

2016 年 8 月 1 日　写于深圳南山前海花园

情 怀

奔赴巴中扫墓祭父亲

一路烟云走天际，
两侧青山别样新。
每年五月初一日，
千里奔波祭父亲。
巴蜀草民多英辈，
南龛石佛纵古今。
红军将士身犹在，
血色忠骨筑碑林。

2015 年 6 月 16 日　写于四川巴中红军陵园（碑林）

2020 年赴四川途中

2020 年于巴中红军碑林

战区军魂

铁甲黄沙奔西域，
威风碧海扬战旗。
利剑巡天破敌胆，
红色江山有人继。

2016 年 7 月 31 日　写于深圳南山西丽崇文花园

赞子弟兵

地震抗灾总有你，
洪峰危临筑人堤。
烈火之中献赤胆，
战场高举八一旗。

2016 年 7 月 31 日　写于深圳南山西丽崇文花园

情 怀

呼唤——祭奠父亲

爸爸！
今天
我又来到您的身边
带着情感
带着思念
我不知您能否看见
真希望您能坐在我的面前
就像当年
慈祥的笑脸
亲切的呼唤

那映入眼帘的笑脸
那声声真切的呼唤
一次又一次
一天又一天
在我眼前浮现
在我耳边回旋

小时候
依偎在您的身边
每当听到您的呼唤
我都会大大地睁着眼睛
看着您慈祥的笑脸

在您的呼唤中我一天天成长
在您的呼唤中我一步步向前

在您的呼唤中我拍去了身上的泥土
在您的呼唤中我懂得了做人的理念

您的呼唤带给了我欢乐
您的呼唤带给了我平安
您的呼唤让我燃起了希望
您的呼唤让我增添了勇敢

逐渐
逐渐
您的呼唤变得遥远
那熟悉的声音
饱含着叮嘱
充满着期待
深藏着挂念

爸爸啊！爸爸！
我一生中不知多少次
这样地呼喊
这样地呼唤
带着依恋
带着期盼
可现在只能
一遍
一遍
在我的心中哭喊
那动情的声音

饱含着恩谢

充满着痛楚

深怀着眷恋

爸爸啊！爸爸！

今天

我又来到您的面前

带着伤感

带着思念

默默地

默默地端详着您的笑脸

静静地

静静地倾听着您的呼唤

那映入眼帘的笑脸

那声声真切的呼唤

一幕幕

一幕幕地在我眼前浮现

一声声

一声声地在我耳边回旋

一天又一天

一年又一年

永远　永远　永远

2010 年 6 月 4 日巴中祭　写于四川巴中

1973 年摄于武汉

行者

万水千山，
行程路漫漫。
乱云时而扑面来，
昂首抚松擦汗。

途中艰难万险，
远方常有挂念。
脚踏顽石登顶，
乾坤飞入眼帘。

2010 年 7 月 1 日　　写于深圳南山品园

2018 年摄于井冈山

平生的我

我一直都在用感恩之心
孝敬我的父亲母亲
那是因为他们养育了我
给了我善良的基因

我一生经历了无数的坎坷仍然
步履不停
那是因为道路总是艰险曲折
心中的信念仍旧像当年
长征过来的父亲

我一肩挑着家庭重担
一肩扛着工作责任
那是因为社会给每一个人
都赋予了使命
而我时刻都没有懈怠放松

我一再用突出的成就
去证明自己的能力
那是因为我们生存的空间并非公平

而我只想赢得一点人本的尊重

我一向用真诚和坦荡
对待见到的每一个人
那是因为天生就是秉直的性情
而缘分和命运早已注定

我一心追求公正、平等
那是因为
社会还在发展，文明仍待更新
而我却逐渐衰老，力不从心

我一如既往依然在跋涉征程
那是因为人生的血脉还在跳动
而蹉跎的岁月留在心中
犹如路间的青石板
被刻下了道道辙痕

2008 年 12 月 10 日　写于深圳南山
检察院 313 室

天空　刘卫宁摄

情 怀

辛丑寒露巴中红军陵园扫墓

寒露上秋叶，
细雨落巴山。
合掌问天府，
俯首静思源。
雾随千峰起，
水逝终不还。
红烛燃心泪，
缅怀又一年。

2021 年 10 月 8 日　写于四川巴中

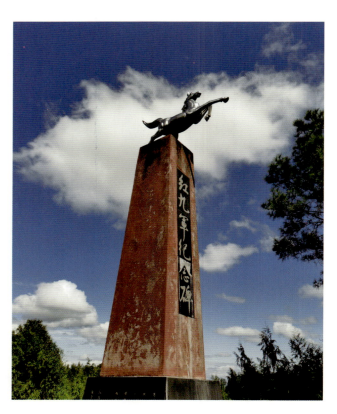

2021 年于四川巴中红军陵园

岁月拾臻篇

难忘岁月

一家五口人，
爱国见真诚。
儿子守边疆，
父母住茅棚。
初心伴岁月，
长征步未停。
人间存大爱，
红军当先锋。

2021 年 6 月 20 日　写于深圳南山前海花园

五七干校我的家　1970 年摄于湖北沙洋农场

注：父亲是孤儿，在他当红军之前，我的爷爷和奶奶就已去世了。四川万源河口镇庙垭乡大坝里爷爷奶奶留下的唯一一间茅草房在父亲走后，被一些贫苦的乡亲当作临时的家住过。新中国成立初期土改时乡亲们都认为父亲已死在他乡，就将此茅草房分给了一个同村农户。后来这个农户另在他处建房，此处仅剩宅基地，旁边有爷爷奶奶的坟墓。如今宅基地和祖坟地都被村里分给了别人。父亲给我们留下的没有物质，只有精神。

老家宅基地

郑州水灾显民魂

乾坤主宰大自然，
人间万古总有难。
民族之魂是瑰宝，
护佑中华五千年。

2021 年 7 月 22 日　写于深圳南山前海花园

致知竹斋主人

知难而上真君子，
竹坚有节做良臣。
斋堂案留出师表，
主公为国战疫瘟。
人生能担天下事，
好将民情系与身。

2020 年 2 月 10 日　写于深圳南山前海花园

致白衣战士

苍天有眼不说情，
人间温暖全在心。
白衣战士倾全力，
舍生忘死为国民。

2020 年 2 月 12 日　写于深圳南山前海花园

赞武汉网友

三镇烟雨黄鹤楼，
古今龟蛇阅春秋。
群英相会隔千里，
同舟共济解民忧。

2020 年 3 月 22 日　写于深圳南山前海花园

叹无知之人

心有神灵鬼不追，
眼里无光万事黑。
善良幼稚身无主，
忘恩负义难作为。

2020 年 3 月 27 日　写于深圳南山前海花园

听、思——听杰奎琳的大提琴独奏曲《殇》

轻指揉弦挽风吟，
落叶守望互倾听。
无边思绪盈星际，
付尽心念润琴声。
霜打秋枫层林染，
谁领巫山不动情？
因缘难解苦与乐，
道尽忧憾了此生。

2020 年 4 月 10 日　写于深圳南山前海花园

情 怀

读《周易》

家道自然顺天地，
圣灵入心各皈依。
阴阳卦象生万物，
原始图腾释太极。

2020 年 5 月 25 日　写于深圳南山前海花园

黄石港——为网友的画题诗

青山有势落楚州，
白水连天数船头。
城郭灯火星空静，
远来宾客弃江留。

2020 年 6 月 24 日　写于深圳南山前海花园

思念我的外公韩天眷

文承前辈始自然，
人若留名天顾眷。
诗书字画传后世，
秀玲晶斐继前贤。

2020 年 9 月 10 日　写于深圳南山前海花园

我的外公韩天眷
1973 年（80 岁）留照

我的外公九十寿辰合影留念

后排左起，依次为：我的母亲（韩天慧，字玲石）、我的父亲
（苏林，字纯俊）、小姨父（车明印）、小姨（韩斐石）、姨
妈（韩晶石）；
前排左起，依次为：小表弟、外婆（王令准，字诺水）、外公
（韩天眷）、舅父（韩秀石）、小表妹。

情 怀

雀鸟凌空枫叶红——为外公送给我的画作题诗

红叶挂枝斗秋寒，
雀鸟凌空舞大千。
物华灵秀双天阁^①，
慧生百年何日还？

2020 年 9 月 10 日　写于深圳南山前海花园

外公送给我留存的花鸟画

注：外公韩天眷是中国近代文人写意花鸟画的代表，中外著名画家、书法家，原民国中央大学、西北师范大学、兰州艺术学院教授。

---

① 双天阁是外公为自己的书斋题的名，寓意天眷和天慧。天慧是外婆和母亲的名。

朱鹮——为兄长在陕西洋县拍摄到濒临灭绝的国宝朱鹮题诗

翩翩展翅拂水涟，
轻轻落乔栖顶端。
白羽红颜迎风立，
紫气青云照朱鹮。

2020 年 9 月 15 日　写于深圳南山前海花园

朱鹮　鲜陆江摄

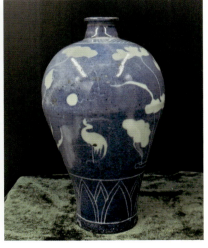

中古蓝釉留白朱鹮玉壶春瓶及梅瓶

情 怀

人生贵在自明

阅尽千秋山还在，
历往冬夏树长青。
天赋大地神灵显，
人生百年贵自明。

2020 年 12 月 10 日　写于深圳南山前海花园

作者照片摄于 2009 年

玫瑰落瓣

一簇玫瑰正嫣红，
满枝宽叶片片青。
落瓣本是花期至，
来生可留今世情？

2018 年 3 月 20 日　写于深圳南山前海花园

玫瑰

情 怀

听经典音乐

忽闻经典民乐声，
恍若秋叶念初心。
百年人生常有梦，
回归自然方为真。

2016 年 5 月 22 日　写于深圳南山前海花园

母亲抄写的《金刚经》

凡所有相皆虚妄，
不迷勿住万事空。
明心见性绵绵保，
大道至简金刚成。

2016 年 5 月 4 日　写于武昌

母亲离休后抄写的《金刚经》

得益辨证学中医

中医辨证讲道理，
百草煎药性昧齐。
养血补气面容好，
清肺化痰健胃脾。
寒湿体胖多运动，
口舌生疮肾阴虚。
强筋通脉祛骨寒，
热敷晒背增免疫。
周身拍打活经络，
宁静致远脑不激。
疏肝散结无心火，
万物阴阳释太极。

2016 年 6 月 2 日　写于深圳西丽崇文花园

纪念国宝文物收藏家张伯驹

春风在心气自高，
怀古尚今也文豪。
君无私念盛山海，
国有赤子护珍宝。

2016 年 9 月 3 日　写于武昌

情 怀

吟古琴

号钟^①之音荡天空，
绕梁三日独自吟。
七弦点拨韵悠远，
十指轻弹觅知音。
自古抱琴重情义，
历朝付尽君子心。
绿绮^②桐梓^③终相会，
焦尾^④千秋传后人。

2015 年 6 月 8 日　写于深圳西丽崇文花园

听古曲

古曲承传越千年，
听朋弹奏又从前。
平沙落雁问潮起，
江边渔樵对箴言。
高山流水知君意，
阳春白雪意会难。
西出阳关思挚友，
梅花三弄笑霜寒。

2015 年 6 月 10 日　写于深圳西丽崇文花园

————————

① 号钟：千年古琴名。

② 绿绮：千年古琴名。

③ 桐梓：千年古琴名。

④ 焦尾：千年古琴名。

听古曲民乐有感而发

阳春白雪气高昂，
梅花三弄韵悠长。
汉宫秋月心酸苦，
慢弓胡琴道悲伤。
七弦回音奏心曲，
十面埋伏楚霸王。
古筝轻弹情未了，
琵琶独哭壮士殇。

2015 年 6 月 20 日　　写于深圳西丽崇文花园

相由心生——旅途见路人

阴错阳差历人生，
日升月落经纬明。
粉淡花红各有样，
百态面相全在心。

2015 年 7 月 23 日　　写于从东北回深圳的路途中

过早——武汉人的早餐

银丝细线一碗面，
绿叶青葱和鲜汤。
此物今朝真味美，
祝君一天意飞扬！

2015 年 8 月 6 日　　写于武昌

玉兰花

片片凝脂沁粉红，
朵朵馨香或淡浓。
一朝满园夺春意，
独取冰清入画中。

2013 年 6 月 5 日　写于深圳龙岗东方明珠城

敬胡杨

身处绝地傲风霜，
苍劲铁骨立沙场。
与天同在伴日月，
千年不朽立胡杨。

2013 年 11 月 11 日　写于深圳龙岗东方明珠城

内蒙古胡杨林　刘卫宁摄

读化缘和尚《明月鉴沧海》题诗

明月千古揽乾坤，
沧海桑田幻无穷。
逢缘如梦天知晓，
灵犀一点心意通。

2011 年 2 月 19 日　写于深圳南山阳光新地花园

醒悟

逝生梦觉恍如初，
修离六道识归途。
脱尘观照乱象尽，
一禅心密洗凡夫。

2011 年 2 月 26 日　写于深圳南山前海阳光新地花园

缘

浮生藏冤怨，
聚散含悲喜。
恩情常往来，
相知得天意。

2011 年 2 月 19 日　写于深圳南山前海阳光新地花园

听《江河水》配乐诗

　　著名二胡表演艺术家闵惠芬演奏的《江河水》曾伴随我度过许多难眠的夜晚。每当听到这悲切的琴声，我总是心绪难平。2010年10月3日，在南山滨海大道岁宝附近的人行天桥上，我看见一个盲人，十分专注而动情地拉着二胡《江河水》。我站在他的旁边，看着桥下滚滚车流，心潮久久不能平静。2011年的3月3日傍晚，我又一次在南海大道蛇口沃尔玛的人行天桥上遇见了他，同样的琴声让我流连忘返……

在心中
这条长河之水
不知流了多少年

人生路途
就像行流不尽的江河
时而浪花拍打边岸
时而无声注入田园
总是那样　迂回千转
奔波等闲

荡然入耳的琴音
又一回
让我心动难平
萦绕心绪的乐曲
再一次
让我伫立许久
就在那　天桥之上
行人路边

悲怨的琴声
如哭似叹
凄凄切切
在您老茧的指尖下颤抖

渴望的弦音
如说似唤
飘飘扬扬
在您轻运的弓丝上回旋

一曲《江河水》
回响着河的激荡
再现了江的波澜
也诉说着世间的苦难

您凝目含面
用胡琴的悲鸣
述说着今生遭遇的斑斑点点
您慢摇身躯
用维生的饭碗
把情感都倾注那苍白的琴弦

您的双眼看不见光的神韵
只有在喧嚣中才感知苍天
您的黄河　没有颜色
您的长江　烟雨无边
但　我能感受
您心中　黄河的哀怨
我　也能听见
您心中　长江的呼喊

江河之水　千年流淌
流不尽的情思
流不尽的悲伤
流不尽的叹息
流不尽的苍凉！

2011年3月11日　写于深圳南山前
海阳光新地花园

多少江河之水
带着倾诉和期盼！
多少江河之水
流淌着无奈和伤感！

江河之水
静静地荡尽生命
江河之水
默默地走向终点

1970年父亲、母亲与兄长在湖北沙　　离休后的父亲、母亲
洋农场五七干校的家门口留照

江河之水天上来　刘卫宁摄

197

和诗友诗《中秋》

清月当照尽天涯，
寒窗透帘满地花。
孤影沉思乡情起，
暗潮激涌放流筏。
乡音渺渺难收尽，
雁鸣切切盼归家。
清贫富贵各有命，
此番又叹一年华。

2011 年 8 月 18 日　写于深圳南山前海阳光新地花园

希望

你　是我入世的第一声哭啼
你　是我推开晨窗的第一口呼吸
你　是我今生最美的初恋
你　是我的父母
你　是我的儿女

你　沉睡在隆冬的白雪之下
你　接受过早春风雨的洗礼
盛夏时　你营造百花争奇斗艳
深秋时　你感恩泥土四季哺育

为了你　人们把沧海变为桑田
为了你　人类让飞船巡游天际
是你　用技巧铺就了通天的道路
是你　在沉香中轻轻敲响了木鱼

伴随着你　自私　贪婪
产生了所有的丑恶
伴随着你　冤苦　奉献
说不尽的悲欢合离

你把人生转换成舞台艺术
你把物欲兑换成金钱权利

恨你　可谁离开过你
爱你　又能换来多少神奇

你曾推进了历史的车轮
你也抛弃了所有的过去
文明财富彰显了你的智慧
社会也交给你"公正"的难题

诗词　文采　琴声　歌舞升平
劳作　奋斗　欢庆　彼此博弈
最终　谁都躲不过你的安排示意

其实　我很茫然
因为　你也属于我　我也属于你

2011 年 10 月　写于深圳龙岗东方明珠城

情 怀

春天的感受

我喜欢春天
尤其当寒冷刚刚过去
和煦阳光照着
能让你感受温暖的情趣
清风拂面打着
能让你体会新生的气息
姹紫嫣红开新花
千枝万丛抽新绿
举目间
欣欣向荣
春意盎然
令人惬意

是啊，在春天
你可以
了却了苦恼
敞开了心怀
充满了朝气
古人说
春是生发的季节
此刻必须抓紧时间
顺其自然
依时乘势
改变自己

把握好春天
你将会茁壮
把握好春天
你才能有成熟的潜力
其实将来还会有寒冷的时候
无须畏惧
那是在考验你的意志
那是生活中必需的经历
只要把希望留住
不久还会迎来又一个春季！

2010 年 3 月　写于深圳南山前海阳
光新地花园

扬州瘦西湖，母亲的家乡　车明印摄

200

说一说爱

年轻的爱热情冲动
成熟的爱细腻温存
终生的爱相依为伴
真挚的爱互为生命

爱是轻声问候
爱是月照心明
爱是细水长流
爱是润物无声

爱是内心的秘密
爱是掏心的坦诚
爱是希望的源泉
爱是坚强的后盾

爱能奉献身心
爱能焕发激情
爱能改变品格
爱能锤炼忠诚

有了爱才显得大度
有了爱才变得聪明
有了爱才会求同存异
有了爱才会承担责任

为了爱你不会轻易放弃
为了爱你必须忍辱负重
为了爱你能够豪情满怀

为了爱你毅然奋不顾身
远离时爱是怀中的牵挂
分别时爱是伤心的悲痛
欢乐也许是爱的补偿
沉默也许是爱的回应

烈日下爱是枝繁的大树
风雨中爱是撑起的帐篷
冰雪里爱是温暖的炭火
饥渴时爱是清凉的甘琼

爱是君子的忍让
爱是豁达的包容
爱是诚挚的祝愿
爱是炽热的感恩

爱是善良的表现
爱是做人的本能
爱是山海的博大
爱是文明的象征

让世界充满关爱
让社会以爱为本
不知你有多少爱
希望爱永在心中

2010 年 5 月 6 日　写于深圳南山品园

随笔——珍惜

也许只是一句淡淡的关心
也许只是一声轻轻的叮咛
也许你根本就没有在意
也许那就是最后的永恒

珍惜你今生的一切
珍惜你的父母亲朋
让也许不要成为遗憾
让珍惜能够长久留存

2010 年 6 月 4 日　写于四川巴中

人生比日辉（二首）

一
曾似朝阳气势宏，
我自穿云弄乾坤。
如今夕阳无限好，
敢用浓彩描年轮。

二
夕阳斜下映晚秋，
沧海碣石数风流。
云过三山添骤雨，
雪打五岳志未酬。

2010 年 6 月 6 日　写于武昌

古今变迁之黄鹤楼

昔人已随黄鹤去，
文豪至此墨彩留。
杖船烟帆扬千古，
龟蛇守望审春秋。
历目晴川汉阳塔，
难见江心鹦鹉洲。
行云夺雾归故里，
可是当年黄鹤楼？

2010 年 6 月 6 日　写于武昌

独思

独坐楼台思古今，
鹏飞瞰山测行云。
日月赶潮引起落，
乾坤乱象有成因。
是非善恶皆有源，
望闻问切不偏信。
纵有情怀忧华夏，
才智热血藏我心。

2010 年 6 月　写于深圳南山品园

雪莲

你天生尊贵
只有登上昆仑
才能目睹你的身影

你圣洁清纯
只有在雪山上
才能仰慕你的华容

你端庄素美
百花争艳时
只有你盛开在最高一层

你坚忍不拔
娇姿万朵里
只有你能面对冰雪狂风

因为爱慕
我从内心为你祈福
因为深恋
我愿在天山上
追寻你的芳踪

2010 年 7 月　写于深圳南山品园

形影不离

你是花朵　　　　　　你是月亮
我是蜜蜂　　　　　　我是星星
一年四季　　　　　　长空万里
只要你在　　　　　　无论白天黑夜
就会有我欢乐的身影　你的背后总有我
　　　　　　　　　　闪亮而深情的眼睛

你是大树
我是山藤　　　　　　你是大地
重峦叠嶂　　　　　　我是苍穹
只要你扎根挺立　　　天地生辉
我都会默默陪你一生　太极环动
　　　　　　　　　　长久

你是白云　　　　　　长久
我是微风　　　　　　我们都一直相依相敬
茫茫天际
无论你走到哪里
我们都会不弃不离，相伴而行　2010 年 7 月　写于深圳南山品园

情 怀

自题

木榻边横三尺台，
笔笺书列四层排。
一根网线连天下，
两手敲键眼界开。
百尺高台测远际，
千里随云丈沧海。
人生几许分长短，
留得闲情听天籁。

2010 年 7 月 1 日　写于深圳南山品园

茶话两岸情

阿里潭清映日月，
武夷雾浓沁茶香。
东提山泉沏红袍，
西请观音入道堂。
宾客声声话方言，
亲朋窃窃叙家常。
虽说海峡水相隔，
两岸同祖是炎黄。

2009 年 10 月 6 日　写于厦门

仰望蓝天篇

迎接二〇一一的黎明

此时　远方的地平线　　　　　正在默默地
渐渐地泛出　朦胧的光彩　　　期待着谷雨的降临
耳边仍回荡着
二〇一〇那最后的钟声　　　　在今天
发奋　迷茫　期待　　　　　　冰风中的冬梅　姿态昂然
今天　已是二〇一一　　　　　蓓蕾饱满
我　我们　迎来了等候许久的曙光　笑对漫天飞雪
又一个　崭新的
充满了期盼与祝福的清晨　　　还是今天
　　　　　　　　　　　　　　苍茫大地　涛声回荡
今天　　　　　　　　　　　　凌寒而立的松柏不约而同地
她　用一个句号　　　　　　　添加了新的年轮
结束了斑斓的过去
今天　　　　　　　　　　　　期待中　那古老的太阳
她　用新的回车键　　　　　　辉煌　沉稳　庄重
启动了梦中的进程　　　　　　用　不可阻挡的气势
在今天　　　　　　　　　　　即将　从东方　跃然升起
万物生灵　挣扎着　舞动着　　用　光　带给我们希望
脱胎换骨　去旧除污　玲珑巧变　用　热　催促我们新生
试图　用新改写过去　　　　　在二〇一一第一个　黎明

在今天　　　　　　　　　　　2011 年 1 月 1 日子时　写于深圳南
僵土下的小麦　忍受着萧寒　　山前海阳光新地花园

天工

海掀浪涛天飞云，
山腾浓雾陆横风。
大洋暗流调冷暖，
太极阴阳万物生。
百川接雨江湖满，
九州耕田四季明。
日升月行复循轨，
乾坤运化显神灵。

2009 年 6 月　写于深圳南山品园

现象（二首）

一

蓝天碧水无踪影，
大地烟雾日渐浓。
神龙多处遭腰斩，
草莽绿原泛沙尘。
昆仑冰川连年少，
东南西北多灾情。
常言须留青山在，
不知如何对子孙？

二

金笔一挥高楼耸，
繁荣之下多伤痛。
云黑雾沉华灯照，
河浊气混噪声隆。
奇闻怪事天天有，
铜钱开路道道通。
莺歌燕舞似盛世，
文明何以被文明？

2009 年 12 月　写于深圳南山桃园路 6 号

情 怀

祈盼——面对万象的世界我祈盼

仰望蓝天
我祈盼上帝的宽恕
让他的信徒在忏悔之时能返璞归源

仰望蓝天
我祈盼佛祖的保佑
让皈依的人在苦忍之后能往生西天

仰望蓝天
我祈盼真主的指点
让他的臣民在冥思之中能找到友善

仰望蓝天
我祈盼圣人的教诲
让我们能够在彻悟中寻回升华的
灵感

仰望蓝天
我祈盼神灵的眷顾
让我们的人生能除却冤屈和遗憾

仰望蓝天
我祈盼中流砥柱拯救良心
让我们能感受到社会的宽容和规范

仰望蓝天
我祈盼真诚相伴

让我们在和谐的感召下求得平安

仰望蓝天
我祈盼父母们自省
让我们的后代能明辨
是非好坏与伪善

仰望蓝天
我祈盼正义的震慑
让无耻的邪恶不再嚣张蔓延

仰望蓝天
我祈盼人民的公仆们
能够多一些责任，少一些贪婪

仰望蓝天
我祈盼每个人的心灵深处
都能够留存信仰，敬畏自然

仰望蓝天
我祈盼人与人之间
能够崇尚礼仪，求同存异，坦诚相见

仰望蓝天
我祈盼普世文明的公德
能填满每一个在生之人的心田

仰望蓝天
我祈盼阳光和春雨不被遮拦
真正能给我们带来清润和温暖

我仰望蓝天
我每天祈盼
愿苍天有眼
让我们每个人
都真正享有公正下的平等
让我们每个人
都真正享有作为人的尊严

2010 年 5 月 20 日　写于深圳南山前海阳光新地花园

五月游深圳仙湖

五月散心伴湖游，
山清气爽水荡舟。
梧桐高峰怨天远，
黄莺细语跃枝头。
远闻禅寺钟声响，
近听天籁释烦忧。
若是仙鹤落于此，
定能助我解心愁。

2010 年 5 月 16 日　写于深圳南山品园

昆仑心语

我们的民族自古尊崇昆仑，渊源至今。

其实，昆仑也有心声。

我是昆仑，万古至今。
气势磅礴，群峰浩荡。
擎天立地，昂首东方。
双臂伸展，百脉通畅。
承载华夏，饱经沧桑。
俯视九州，满怀惆怅。
人间百态，丑恶贤良。
内忧外患，征战灾荒。
承前启后，五帝三皇。
大禹治水，功德久长。
夏商周武，鼎立八方。
春秋争霸，秦凭商鞅。
汉唐宋元，明清国殇。
纵观千古，民魂渐强。
文才章法，武将赴汤。
为民为国，万千忠肠。

贪宦奸臣，争权持杖。
祸国殃民，诛灭下场。
中华崛起，神龙志刚。
五湖四海，彩虹霓裳。
十亿炎黄，渐进小康。
世间万象，总有痛伤。
南有旱涝，北土尘茫。
西部震动，水污江洋。
我山我水，在我心上。
呈天昭示，龙之传人。
敬我昆仑，爱我槐杨。
山河之美，实为天赋。
民财万物，皆我供养。
为保千秋，敬顺自然。
功德无量，百世流芳。

2010 年 6 月　写于深圳南山品园

叹屈原

昂首问天兮，上下求索。
文采飞扬兮，诗创先河。
鹤骨美颜兮，清风两袖。
忧国忧民兮，一生奔波。
心高志远兮，无缘补天。
赴汤蹈火兮，不负家国。
感天动地兮，九州缅怀。
端午情结兮，忠魂不落。

2010 年 6 月 16 日　写于深圳南山品园

端午有感（三首）

一

端午乘船走伶仃，
烟波浩荡似洞庭。
千年离骚念屈原，
百世舟鼓应君声。

二

岳阳楼赋忧天下，
汨罗殉江悲国民。
精忠报国蒙冤死，
唯有奸臣恋昏君。

三

天赐良心赋族人，
民承华夏祭忠魂。
端午龙舟赛江湖，
《九歌》《离骚》问仁君。

2010 年 6 月 16 日　写于深圳南山品园

屈子忧——又逢端午

曾怀古今问苍天，
留得离骚叹千年。
悲极抱石沉游去，
常闻舟鼓醒钟连。
当舞九歌祈神运，
忧看洞庭落滩远。
青山不留百年树，
何来正则在人间？

2011 年 6 月 4 日　写于深圳龙岗东方明珠城

端午祭

青叶裹米留粽香，
龙舟击鼓意味长。
报国将士献白骨，
无奈忠臣投碧江。
古来皇庭多迂腐，
更有恶宦任嚣张。
清淤正邪乃民意，
谁为华夏尽愁肠？

2014 年 6 月 2 日　写于深圳龙岗东方明珠城

梦飞天

穷观天际广无边，
举目银河已千年。
认作红尘沙一粒，
飞入神舟永不还。

2015 年 6 月 28 日　写于深圳龙岗东方明珠城

听经典民乐《金蛇狂舞》有感

昂首金蛇凌空舞，
笼锁败兽度残年。
力扫蝇虫除腐败，
尽斩妖魔正威严。
翻江填海近民意，
开山引水润桑田。
举棋布点丝绸路，
敢教日月换新天。

2015 年 7 月 2 日　写于深圳龙岗东方明珠城

社会百态（三首）

一

烽火硝烟出英雄，
太平盛世养刁虫。
惊叹官场现形记，
人间正道法最真！

二

天无日月世黑暗，
人有是非法在先。
指鹿为马权之罪，
阿谀奉承是宦官。

三

老天有眼，
剑指四方。
钟馗尤在，
妖魔皆殃。

2020 年 2 月 11 日　写于深圳南山前海花园

庚子端午纪念屈原

日月穿梭已千年，
屈子魂魄仍未眠。
正则利贞有攸往，
一曲《离骚》待真传。

2020 年 6 月 25 日　写于深圳南山前海花园

庚子小暑

暑气初来云雨急，
江流瀑长催汛期。
千年治水心力尽，
九州安泰主民意。

2020 年 7 月 6 日　写于深圳南山前海花园

愿家园更美

如果翱翔在太空　　　　　　　阳光和雨露
你会看到　　　　　　　　　　让人类繁衍
一颗美丽的行星　　　　　　　竞争和创新
稳健地　　　　　　　　　　　引社会文明
绕着太阳

晶莹剔透　　　　　　　　　　长久以来
像宝石般璀璨　　　　　　　　她承载着万物
像珍珠一样晶莹　　　　　　　多少年来
光线　　　　　　　　　　　　她忍受着伤痛
用蓝色　　　　　　　　　　　由于地核的压力
渲染出海洋的魅力　　　　　　由于引力的作用
气层　　　　　　　　　　　　她不得不
让绿色　　　　　　　　　　　用雷雨狂风
呈现出生命的繁荣　　　　　　检验我们的意志
　　　　　　　　　　　　　　她不得不
在这里　　　　　　　　　　　用山崩地裂
日月星辰与你相随　　　　　　考验我们的忠诚

在这里　　　　　　　　　　　最近的
风云寒暑伴你终生　　　　　　汶川、玉树地震
　　　　　　　　　　　　　　惊天动地
这里　　　　　　　　　　　　触目惊心
是我们唯一的家园　　　　　　举国上下
这里　　　　　　　　　　　　为了生命
有万物生存的环境　　　　　　为了责任
　　　　　　　　　　　　　　为了大爱
　　　　　　　　　　　　　　为了真情

情 怀

多少人在与时间赛跑
多少人在与命运抗争
多少人舍生忘死
多少人奋不顾身
国家倾尽全力
人民献出爱心

面对大地
仰望星空
每一次
地震海啸
每一次
泥流洪峰
我们都不得不
深刻反省

回望远古
封土层层刻世纪
化石代代做证明
原野绿林千姿美
物始天然万相生
群山沉降沦为海
汪洋崛起化作峰
近观时针静如止
远望日月动苍穹
自然规律
从未改变
逆则亡
顺则生

如何构建
一座座美好的家园?
怎样改变
一片片生存的环境?
这一课题
始终困扰着我们

要记住
切莫
为眼前的得失放弃了未来
切莫
为一时的执着忘记了责任
不要　让私欲坑害公众的利益
不要　让幻想替代科学的论证

尊重
抚育我们的大地
顺应
包容我们的天空

愿家园更加美好
愿人生和谐安定
否则
最终的后果
就是
用自身和子孙的无穷代价
再经历一次
人类文明的更新

2010 年 6 月 28　写于深圳南山品园

同一个世界，同一个梦想

梦想是追求
是期待
是愿望
是努力的目标
是奋斗的方向

奥运的火炬经五大洲的传递
在热血沸腾和欢呼雀跃的人潮中
最终奔向五环旗冉冉升起的会场

人们都说那是神圣的火种
将在盛会中照亮
每一个地球人的心房
心领神会的神圣
早已家喻户晓，媒体宣扬

细心想来圣火的缘由
却为何如此夸张？
难道是因为采自雅典神山
明媚的阳光
或是取自圣殿中希腊女祭司
主持的道场
人们回答
那是由于在我们生存的同一世界中
大家都有一个共同的梦想

我理解
奥运会汇聚了不同肤色人种的
文化和精神
承传并赞美五洲大洋的
渊源历史和奇特风光
也许还联系着金木水火土五颗星球
让蔚蓝色的地球成为
宽广美丽的赛场
而那圣火就是金光四射的太阳

同一个世界如此广阔
常伴着我们许许多多
梦一般的畅想
奥运的五环还象征着什么
为什么人类最终会有一个共同的
梦想？
如果你喜欢刨根问底
让我们共同静心思量

是运动场上健美的英姿
还是更高、更快、更强的耀眼星光
是顽强和坚定意志的考验
还是艰苦付出后的安慰和惆怅
是融会自尊、荣耀和胜利的感慨
还是奖台上的金玉银章
是现代化的充分展示
还是绿色环境带来的和煦景象

情 怀

是奖牌总数第一的自豪
还是开幕式上的
风采无限、绚丽辉煌
和谐是奥运会的主题
友谊是手牵手欢聚一堂的桥梁
同样的规则
约束着每一个人
裁判在众目下彰显规则的力量

平等让每个人都感受到尊严的魅力
公正让邪恶无处可藏
团体合作驱散了孤独
鼓励和欢呼令人信心更强

我最终明白了奥运精神的真谛
"平等公正"
是人类社会文明的内涵
也许这才是所有人共同的梦想！

每个运动员一律平等
比赛规则共同遵守
公平公正体现了奥运会的灵魂
最终在盛会中
将人类的真美充分展示
将人类的理想公开颂扬

人的生活需要和谐
人的生存必须顺应自然的力量
我们关注绿色和平的奥运盛会
它寄托了每个人的美好愿望
通过它推进我们的进步
让世界自然有序　充满关爱的阳光
五环旗的精神激励着我们
相互尊重
平等公正
最终实现人类共同的梦想！

2008 年 8 月 8 日　写于深圳南山桃
园路 6 号

纵观古今篇

"和韵堂" 藏头诗

和来万年兴，
韵致千古情。
堂中觅岁月，
臻美由心生。

2018 年 5 月 7 日　写于深圳福田园岭

情 怀

"玉"祝大吉——辛丑年除夕

吉相入堂鹊鸟来，
喜上眉梢金玉开。
领得牛年冲天志，
待望辛丑坐琼台。

2021 年 2 月 16 日　写于深圳南山前海花园

清乾隆粉彩吉庆有余内有青花缠枝莲套心大瓶

吉庆在心百花开，
四季有鱼万福来。
水暖莲青君心悦，
国泰民安喜入怀。

2022 年 2 月 1 日春节　写于深圳南山前海花园

情 怀

清代瓷器

粉彩青釉绿松蓝，
荷花海棠醉牡丹。
红蝠凌空百宝地，
金蝶飞舞一束莲。

2021 年 10 月 1 日　写于深圳南山前海花园

清代赏瓶

龙颜得悦赐马褂，
卿臣有功奖青莲。
天子行赏瓶作证，
江山不可任贪官。

2020 年 10 月 30 日　写于深圳南山前海花园

情 怀

明宣德青花大盘

一束莲花向青天，
两手把印撑大船。
池塘水污难见底，
官府衙内得清廉。

2021 年 4 月 15 日　写于深圳南山前海花园

明宣德白龙盘与青龙盘

盘中有龙日常见，
臣子洁身处事微。
朕心有意昭论语，
万民承天敢作为。

2021 年 4 月 15 日　写于深圳南山前海花园

情 怀

辽金三彩佛像

回望千年民生苦，
普贤万众业力除。
心有慈悲面和善，
返璞归真性如初。

2019 年 8 月 6 日　写于深圳南山前海花园

明清铜佛像

持印得法坐莲花，
千手变幻心意达。
慈眉善目大智慧，
金刚护卫百姓家。

2022 年 5 月 8 日　写于深圳南山前海花园

情 怀

明清佛像

佛入小乘修今世，
人发大愿法归宗。
堂前盘坐增心力，
殿外持印度众生。

2020 年 2 月 10 日　写于深圳南山前海花园

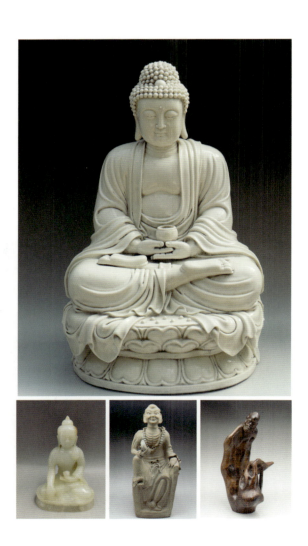

明成化白釉薄胎孔雀蓝釉蝴蝶纹碗

蝶舞静无声，
姿美胜鲲鹏。
孤身显渺小，
天地任我行。

2019 年 9 月 8 日　写于深圳南山前海花园

情 怀

明成化斗彩鸳鸯罐

两情相悦水中游，
一生结伴度春秋。
日见花草心不变，
双飞百年恋沙洲。

2022 年 5 月 20 日　写于深圳南山前海花园

赞紫檀宝座与古琴

师椅华贵匠心成，
紫檀稀有入宫廷。
大气宝座民间少，
端庄乐台托古筝。

2018 年 5 月 29 日　写于深圳南山前海花园

情 怀

紫檀百寿字罗汉床

金丝入骨星际开，
暗紫雕龙寿字来。
方寸之间楚汉争，
三百年后我还在。

2017 年 9 月 25 日　写于深圳南山前海花园

镶嵌螺钿小叶紫檀罗汉床

尊称紫檀木之皇，
镶嵌螺钿更张扬。
喜上眉梢精气神，
鸿运厚载罗汉床。

2017 年 10 月 10 日　写于深圳南山前海花园

九龙紫檀太师椅

五爪团龙气恢宏，
九州大地与日同。
镂空雕制紫檀椅，
天子可曾坐其中？

2014 年 5 月 1 日　写于深圳龙岗东方明珠城

海南黄花梨木皇宫椅

明清古韵留降香，
宫廷圈椅自海黄。
谁说天下珍稀少，
有心寻觅府中藏。

2017 年 11 月 1 日　写于深圳南山前海花园

情 怀

中古哥窑瓷器

简约神韵当古瓷，
哥窑开片领君识。
金丝铁线出宋代，
四羊方尊早有之。

2020 年 7 月 15 日　写于深圳南山前海花园

清乾隆闪金黄底釉出海青龙宝花套心青花缠枝莲大梅瓶

出海青龙气势宏，
厚土皇天宝花拥。
谁呈此物献弘历，
般若可曾在心中？

2018 年 5 月 2 日　写于深圳南山前海花园

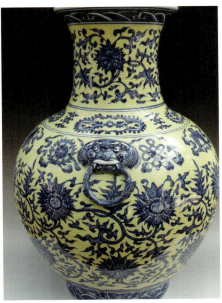

情 怀

清乾隆粉彩辅首百鹿尊

山野养鹿任自闲，
百态千姿各悠然。
官薪俸禄显尊贵，
谁为天下尽忠贤？

2018 年 5 月 2 日　写于深圳南山前海花园

中华红龙瓷鼎

一片江山立中华，
万年史册记民生。
昆仑引水入东海，
厚德载物展文明。
阴阳得道辨大千，
奋发图强见传承。
元灵生辉映盘古，
红鼎随心铸天成。

2023 年 1 月 5 日　写于深圳南山前海

何朝宗款德化观音像

眉目清秀语无声，
悯怀苍生全在心。
亲察万民疾与苦，
救度百姓观世音。

2020 年 10 月 1 号　写于深圳南山前海花园

情 怀

元代青花水草鳜鱼纹瓷器

春水养鱼贵自然，
秋山收获富民间。
厚德载物得天意，
君行致远礼心田。

2017 年 5 月 6 日　写于深圳南山前海花园

宋元龙泉窑玉壶春瓶

千年窑火续龙泉，
万家煮酒见真传。
玉壶春色藏神韵，
九龙翠彩秀凡间。

2020 年 10 月 15 日　写于深圳南山前海花园

 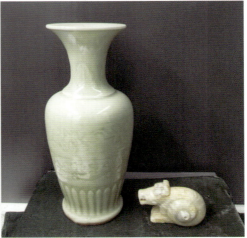

情 怀

赞宋代汝窑瓷器

雨过天晴满目新，
青瓷端庄入眼神。
支钉布阵炉火旺，
素颜型韵技超群。

2020 年 12 月 8 日　写于深圳南山前海花园

小叶紫檀太师椅

紫檀雕龙皇气开，
万般意境顺志怀。
悠然淡香理心智，
堂中敬茶好运来。

2016 年 5 月 12 日　写于深圳南山前海花园

论玉比人

美玉生辉熠千年，
君子重德理心田。
人间砺炼真善美，
它山取石解玉缘。

2014 年 9 月 8 日　写于深圳龙岗东方明珠城

高古和田玉瑞兽

一对龙仔随玉生，
独角叉尾势凶猛。
大汉雄威展壮志，
中华精神永传承。

2018 年 2 月 25 日　写于深圳南山前海花园

情 怀

中古春水秋山玉

子孙吉祥步步高，
春水秋山年年好。
君亲自强志高远，
吉相太平人不老。

2018 年 5 月 2 日　写于深圳南山前海花园

夏商器形古玉

玉型独特彰古韵，
天造美石摄灵魂。
文史资料释礼仪，
夏商王者宣自尊。

2018 年 2 月 15 日　写于深圳南山前海花园

情 怀

周天玉璧

天地万物太极生，
城池千户蓄民情。
玉璧在手江山握，
灵川秀水出精英。

2022 年 2 月 25 日　写于深圳南山前海花园

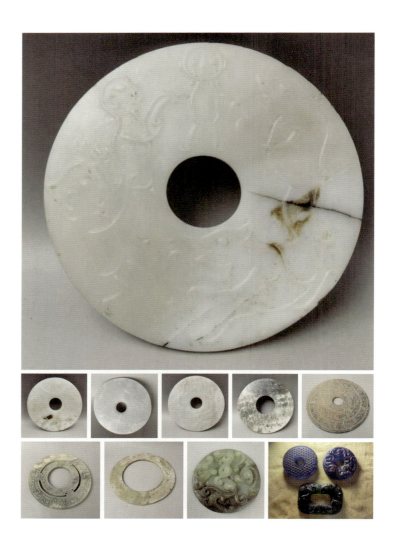

河磨古玉、蝉

美石为玉数千年，
精雕细琢取心念。
秋蝉无力胜百鸟，
春雨再来我又还。

2017 年 10 月 1 日　写于深圳南山前海花园

古代河磨玉太阳神

千年红山证文明，
高古黄玉太阳神。
天赐华夏图腾显，
河磨籽料附灵魂。

2013 年 10 月 2 日　写于深圳龙岗东方明珠城

清代和田玉及青花羊脂籽料玉雕童子喜象

太平有象寓吉祥，
子孙登高盼飞扬。
美玉精致主富贵，
百年承传民风强。

2020 年 2 月 7 日　写于深圳南山前海花园

赞古玉古瓷

商周古玉礼精神，
龙泉怀旧留大名。
中华文化千年梦，
我辈弘扬注真情。

2021 年 9 月 28 日　写于深圳南山前海花园

中古龙泉窑瓷器之一

龙泉窑火梅子青，
旋纹敞口玉壶瓶。
底座氧化铁红色，
一束莲枝表君心。

2021 年 1 月 29 日　写于深圳南山前海花园

情 怀

西夏文字

中华文字自古明，
笔画象形有成因。
玉壶春夺梅瓶酒，
西夏历史留铭文。

2020 年 5 月 9 日　写于深圳南山前海花园

中古红釉堆花玉壶春瓶

红釉堆花玉壶春，
杜康陈酿诱君心。
元曲民生多含泪，
家祭总是后来人。

2022 年 1 月 5 日　写于深圳南山前海花园

情 怀

明永乐青花瓷器

国泰民安成祖心，
亲讨鞑靼留英名。
永乐梅瓶迎大典，
盛世青花龙飞腾。

2020 年 1 月 5 日　写于深圳南山前海花园

中古青花蓝釉十八罗汉碗

罗汉造型表君意，
青花祭蓝祈太平。
入世修持观天下，
明心见性度众生。

2021 年 4 月 8 日　写于深圳南山前海花园

明成化青花瓷器

清淡典雅入画中，
云鹤花海各不同。
史传成化瓷精致，
中华神韵与心通。

2022 年 6 月 25 日　写于深圳南山前海花园

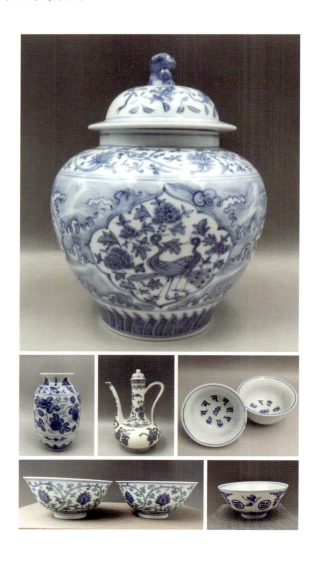

黄釉暗刻龙纹赏瓶

东南西北我居中，
黄天厚土夺乾坤。
君臣有别谁最大，
百色之上黄至尊。

2021 年 1 月 5 日　写于深圳南山前海花园

情 怀

单色釉古瓷

釉面清一色，
神韵各不同。
真材需火炼，
寓意传吾心。

2022 年 3 月 5 日　写于深圳南山前海花园

宋代建盏

深空奥秘天际开，
璀璨蓝辉入眼来。
斗茶品香争意气，
北宋建盏夺君爱。

2020 年 10 月 1 日　写于深圳南山前海花园

情 怀

高古玉器

高古琢玉数千年，
部落权杖树威严。
璋璜琮璧通天地，
礼乐磬钟祭祖先。

2017 年 2 月 15 日　写于深圳南山前海花园

春秋战国玉器

百家争鸣闹春秋，
群雄鏖战君王愁。
赢得玉璧祈天助，
换来天下一神州。

2018 年 10 月 5 日　写于深圳南山前海花园

疑似秦汉兵马玉俑

英雄虎胆夺天下，
勇士仪仗壮军威。
七国社稷成一统，
五业制衡车同轨。

2016 年 7 月 12 日　写于深圳西丽崇文花园

治国玉印

君王体制尚书省，
天子治国六部行。
螭龙卧璧安天下，
美玉生辉祈太平。

2015 年 5 月 1 日　写于深圳西丽崇文花园

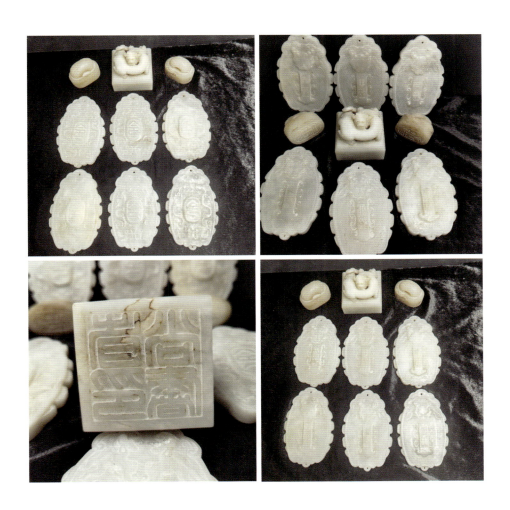

古玉生辉

堂中老玉复生辉，
龛前有灵自来回。
人间正道谁敢扰？
驱避妖邪显神威。

2021 年 1 月 11 日　写于深圳南山前海花园

九龙玉璧

九龙玉璧镇江山，
真命天子续前缘。
治国持玺传圣旨，
安邦佩玉守边关。

2019 年 11 月 11 日　写于深圳南山前海花园

情 怀

明代宣德炉

炉火锻造众金成，
百般锤炼铸灵魂。
宣德伊始炫珍贵，
谁守此物长精神。

2021 年 2 月 25 日　写于深圳南山前海花园

北宋汝窑瓷器

雨过天青万象新，
东都歌舞升太平。
清明集市人熙攘，
汴河商船等入京。
汝州窑口多瓷器，
开封官府常换新。
素美典雅留后世，
千年珍宝始于民。

2021 年 7 月 30 日　写于深圳南山前海花园

情 怀

唐宋三彩陶瓷

土陶靓釉唐三彩，
独具匠心慧眼开。
厚德载物承天意，
古意民魂随物来。

2020 年 5 月 11 日　写于深圳南山前海花园

汗血宝马

大汉疆土揽西域，
铁马挥刀捍边关。
羌笛动月楼兰酒，
沙海英魂何日还？

2020 年 11 月 26 日　写于深圳南山前海花园

明宣德琴炉

铜炉燃香置案台，
琴音绕梁棋盘开。
笔墨文章写天下，
诗书字画逐心来。

2021 年 3 月 29 日　写于深圳南山前海花园

说古论玉

群雄逐鹿问中原，
英豪仗剑保江山。
龙争虎斗赢天下，
谁持此物护皇权。

2020 年 9 月 8 日　写于深圳南山前海花园

情 怀

赞宋元钧瓷

钧临华夏美千年，
乳糜红釉天色蓝。
五大名窑出神韵，
北宋工匠惊世间。

2018 年 5 月 18 日　写于深圳南山前海花园

五代、宋时期的鱼型便携式酒瓶

鱼瓶装酒十里香，
素衣布袋江湖郎。
百姓患病祛疾苦，
乡绅保命煎药汤。

2020 年 11 月 19 日　写于深圳南山前海花园

情 怀

宋辽瓷器遗存

今谈名窑数宋瓷，
鉴宝哗众任由之。
官府断言存稀少，
民间珍品待君识。

2021 年 1 月 23 日　写于深圳南山前海花园

精美的古玉——马踏飞鸿

马踏飞鸿伴祥云，
神雕青玉附灵魂。
日行千里嘶鸣至，
秋下长安报佳音。

2021 年 1 月 11 日　写于深圳南山前海花园

情 怀

清代水晶雕小琴炉

晶莹剔透挂寒冰，
玲珑巧雕琢水晶。
沉香一缕由心起，
绕梁三日伴筝鸣。

2021 年 2 月 25 日　写于深圳南山前海花园

清乾隆碧玉薄胎刻花大碗

碧玉大碗薄似蝉，
匠心巧手刻翠莲。
清宫收作御用品，
王侯进贡悦龙颜。

2021 年 4 月 10 日　写于深圳南山前海花园

情 怀

窑变红釉瓷器

窑变挂青底色红，
螭龙吸酒怒发冲。
铁马边关横刀立，
烽火狼烟护江东。

2021 年 5 月 4 日　写于深圳南山前海花园

元代雪花蓝釉剔刻飞天白龙大梅瓶

披雪神龙上青天，
藏酒梅瓶见大元。
中华疆土连欧亚，
忽必烈王统江山。

2021 年 4 月 25 日　写于深圳南山前海花园

情怀

明代宣德瓷器

钦文昭武立宣德，
承前启后政纲活。
孝章宽仁十年短，
精美瓷器传最多。

2021 年 4 月 26 日　写于深圳南山前海花园

抱月瓶

双手祝酒行大礼，
万寿无疆音有余。
明月高照江山秀，
鸟语花香龙颜喜。

2021 年 4 月 27 日　写于深圳南山前海花园

情 怀

清乾隆团龙象耳福寿抱月大瓶

山海翻腾舞团龙，
怒目威视扫乾坤。
吉象万千开盛世，
福寿百年踏祥云。

2021 年 11 月 11 日　写于深圳南山前海花园

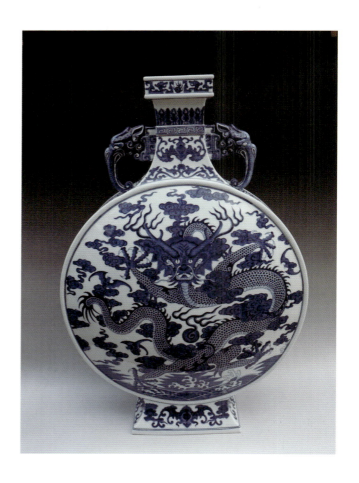

元明青花人物故事瓷器

人物故事寓意深，
外族当权民无魂。
传统文化不可断，
青花瓷里长精神。

2019 年 10 月 3 日　写于深圳南山前海花园

博陵第款彩绘人物大罐

国破家败沦做奴，
不忘祖训心如初。
瓷器留画传故事，
博陵第子拜江湖。

2021 年 10 月 26 日　写于深圳南山前海花园

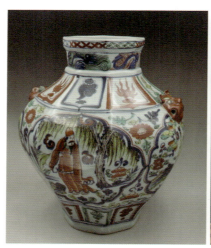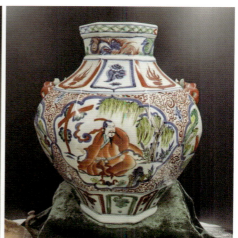

宋代磁州窑剔刻飞天腰鼓瓶

慈悲入怀踏祥云，
飞天撒花送真经。
雨后青天霞光紫，
耳闻千年锣鼓鸣。

2019 年 10 月 1 日

情 怀

明代和田玉龙纹玉带扣

玉刻飞龙显身份，
真命天子系锦袍。
太平盛世昱长久，
圣贤五德引入朝。

2020 年 11 月 11 日　写于深圳南山前海花园

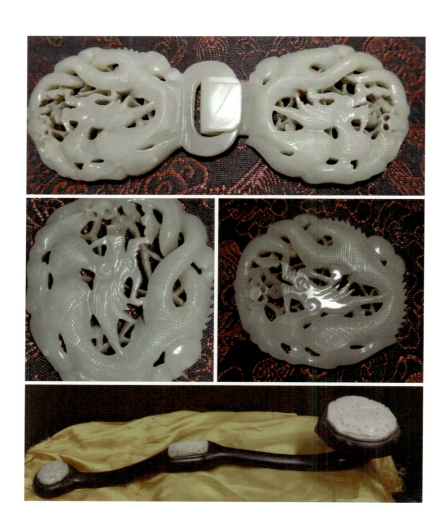

五代时期越窑青釉盘龙莲口瓶

莲口盘龙自天降，
青釉密色隐来踪。
草莽总有出头日，
英才隐忍不露容。

2021 年 5 月 7 日　写于深圳南山前海花园

情 怀

宋代定窑执壶

白釉剔花器形美，
典雅大气宝光辉。
五大名窑居其首，
千年留真众君追。

2022 年 4 月 8 日　写于深圳南山前海花园

五代或宋早期柴窑

中古柴窑美名传，
徽宗瓷器难照搬。
飞天歌舞唐风续，
绿釉薄胎密不传。

2016 年 9 月 8 日　写于深圳南山前海花园

情 怀

宋代青釉提手羊尊灯

一羊做灯夜独行，
三阳开泰福运生。
牛马鹿鹤寓吉祥，
古风神韵待传承。

2021 年 5 月 10 日　写于深圳南山前海花园

清早期青花釉里红龙纹天球瓶

青龙喜花草上飞，
红釉熠彩尽生辉。
小瓶彰显人本性，
君子好述终是谁？

2021 年 5 月 20 日　写于深圳南山前海花园

情 怀

元明时期高脚酒杯

烈酒一杯别君卿，
策马仗剑旌鼓鸣。
壮士不忘靖康耻，
热血满腔赴征程。

2022 年 5 月 4 日　写于深圳南山前海花园

明宣德五彩

五彩悦人心，
宝花伴君行。
富贵有余粮，
红龙霸气生。

2022 年 5 月 17 日　写于深圳南山前海花园

情怀

明成化瓷器、内外满工 ① 明成化盘口瓶

多子多财人本性，
二秋万代皇帝梦。
云命无后不由己，
还望福祉造于民。

2019 年 5 月 11 日　写于深圳南山前海花园

---

① 内外满工：内胆画青花，外釉出斗彩。

明成化瓷器和三秋杯

美酒入心三秋梦，
彩蝶如意借春风。
龙佩麒麟威山海，
凤展金臂百鸟迎。

2020 年 9 月 8 日　写于深圳南山前海花园

明嘉靖青花云中飞鹤卷缸

万卷在胸鹤云飞，
长天腾雾影相随。
文人难以成大事，
武官谋错家国危。

2022 年 4 月 26 日　写于深圳南山前海花园

明嘉靖法华彩刺刻山海飞龙纹将军罐

法华浓彩刺飞龙，
天子崇道妄真人。
皇帝不理江山事，
此君在朝少忠臣。

2022 年 4 月 22 日　写于深圳南山前海花园

情 怀

明清青花缠枝莲抱月瓶

清正廉洁抱月明，
铁打营盘法无情。
江河利民须治理，
山川变化众志成。

2021 年 6 月 21 日　写于深圳南山前海花园

中华红釉钧瓷大鼎

红鼎随心天铸成，
饕餮怒目霸相生。
万古风云立神州，
中华福海任龙腾。

2020 年 11 月 18 日　写于深圳南山前海花园

情 怀

元代青花大盘

青花釉色悦人心，
威猛游龙镇乾坤。
宝莲花枝赞将士，
大盘装肉赏三军。

2021 年 6 月 20 日　写于深圳南山前海花园

越窑密釉瓷器

谁说我很新，
尚且问古今。
当年在吴越，
户户留大名。

2017 年 5 月 1 日　写于深圳南山前海花园

情 怀

吉州窑瓷器

吉州窑火近千年，
剔刻贴花技超凡。
造型古朴接地气，
留存至今天顾眷。

2017 年 7 月 24 日　写于深圳南山前海花园

元代青花水藻鸳鸯荷叶纹六十二厘米直径大盘

大盘装肉烤全羊，
梅瓶存酒散浓香。
铁骑横扫中西亚，
营火孤烟燃疆场。

2021 年 6 月 5 日　写于深圳南山前海花园

古瓷制灯台

太平有象见青天，
宫廷内外皆是缘。
匠心存意送吉祥，
夜幕燃灯照无眠。

2020 年 9 月 1 号　写于深圳南山前海花园

当下见汝窑瓷器

天青美色出匠心，
典雅神韵惊世人。
叶公是否多遗憾，
汝瓷从此归平民。

2021 年 8 月 15 日　写于深圳南山前海花园

情 怀

歙砚与端砚

笔墨砚台立文房，
中华民志由此扬。
君臣执笔传圣旨，
才子佳人留诗章。

2022 年 5 月 22 日　写于深圳南山前海花园

汝窑龙头笔架

龙头有威夺眼神，
鱼尾翻腾跃龙门。
赢得天下学高祖，
错失江山泣文人。

2021 年 8 月 20 日　写于深圳南山前海花园

中古仿青铜簋

商周铸鼎分君臣，
大宋仿簋有居心。
回看史记多少事，
罕见官宦亲庶民。

2015 年 5 月 1 日　写于深圳南山前海花园

田黄芙蓉寿山石

芙蓉彩石出寿山，
富贵田黄悦君颜。
文人刻章名千古，
帝王制印传万年。

2022 年 5 月 21 日　写于深圳南山前海花园

情 怀

元明青花釉里红加红绿彩八棱梅瓶

山峦如意藏美凤，
云水追浪腾巨龙。
八方摆酒和为贵，
四海当家赞英雄。

2021 年 9 月 8 日　写于深圳南山前海花园

元代蓝釉剔刻如意祥云飞鹤龙耳扁壶

藏龙辅首闻酒香，
飞鹤舞云得吉祥。
青花撒雪天山外，
白羽挥翅昆仑旁。

2021年9月6日　写于深圳南山前海花园

情 怀

古瓷制酒具

扁壶藏酒祛瘴气，
郎中妙方健康体。
人活百岁与天斗，
地载厚德应太极。

2022 年 8 月 16 日　写于深圳南山前海花园

古陶罐

钻木取火启文明，
和泥烧陶建屋棚。
自古飘然匠心美，
几何画面示民风。

2022 年 6 月 11 日　写于深圳南山前海花园

情 怀

元宝龟

憨态乌龟眼望天，
硬壳坚壁得心安。
突起背峰似元宝，
神闲气定寿万年。

2022 年 6 月 11 日　写于深圳南山前海花园